沙棘结

袁永海 —— 著

山西出版传媒集团
北岳文艺出版社
BEIYUE LITERATURE & ART PUBLISHING HOUSE

·太原·

图书在版编目（CIP）数据

沙棘结 / 袁永海著. — 太原：北岳文艺出版社，
2019.1（2025.4 重印）
ISBN 978-7-5378-5709-3

Ⅰ.①沙… Ⅱ.①袁… Ⅲ.①中篇小说—小说集—中国—当代 Ⅳ.①I247.5

中国版本图书馆CIP数据核字（2018）第225759号

| 书名：沙棘结 | 特约编辑：李 路 韩玉龙 | 封面设计：仙 境 |
| 著者：袁永海 | 责任编辑：李向丽 | 排版设计：西橙工作室 |

出版发行：山西出版传媒集团·北岳文艺出版社
地址：山西省太原市并州南路 57 号　邮编：030012
电话：0351－5628696（发行部）
0351－5628688（总编室）　传真：0351－5628680
网址：http://www.bywy.com　E－mail：bywycbs@163.com
经销商：新华书店
印刷装订：合肥市星光印务有限责任公司

开本：880mm×1230 mm　1/32
字数：117 千字　印张：6.5
版次：2019 年 1 月第 1 版
印次：2025 年 4 月安徽第 3 次印刷
书号：ISBN 978-7-5378-5709-3
定价：39.80 元

沙棘
结

目录

漂浮物

　　那块船形的漂浮物，漂在肮脏的水面上已经有些日子了，校园内似乎没什么人留意过它。它是一块极普通的红松质的木板，成年男子鞋子大小，约两公分厚，底部嵌有两根磨平的锈迹斑斑的粗铁丝。秋天时节，这里的风总是很多，风向又总是富于变化，因而这块漂浮物便在湖面上终日漂来荡去，这就让它感到了足够的孤独和寂寞，闲散的时光也不知不觉间在它身上覆满一层黛青色的苔藓——稍远望去，跟肮脏的水的颜色一般无二，根本无法看清它。

　　现在我们来推测一下它的心理，大约是从夏天的时候或者更早一些吧，它开始念念不忘发生在去年冬天和今年春天的两件事情，可能正是因为这两件事情，才使它本来很快活的心绪渐渐滋生出一丝无法宣泄的抑郁和怨恨，后来日积月累，终于凝成那种恶毒的非要报复一下某些人的想法。

　　去年冬天，它被体育老师大冯从主人佟佟那里残暴地夺去，被随随便便地扔在了器械房里的窗台上。今年春天发生的事情就更惨了，它当了主人佟冬的替罪羊，因为佟冬的过失，气急败坏的大冯竟然像疯狗一样一把把它抓起来——于是从那个细雨萧瑟的傍晚开始，它就成了一块无人问津的可怜兮兮的水上漂浮物了。

暑期一过，主人佟冬倒是来过几次塘边，不过佟冬并不是来找它的，佟冬早已把它忘到九霄云外了，这一点它相当清楚。佟冬的肩上每次都搭着那双新购置的旱冰鞋，它看见他瘦削得像一根撑杆立在东南方的岸上，他兴奋的双眸总是有些焦急地扫视着波光粼粼的水面，它能猜出他在想些什么，一定是在盼望冬季的到来，因为那个时候他就可以穿上一双真正的冰鞋而在上面潇洒地飞来飞去了。它因此开始恨旱冰鞋和冰鞋，它忌妒它们了，它恼恨佟冬，它有些乞怜似的向他呼喊："佟冬，你看看我，你再看我一眼吧。"可是它发现佟冬从来都不看它，佟冬仿佛根本没有听到它的话，总是嘭嘭地踹几脚遗弃在那里的一只朽漏的木船，然后匆匆离去。望着他无情的背影，它愤怒了，它大骂佟冬，骂他是个忘恩负义的小人。

男孩小峰的出现立刻给它濒临死亡的命运带来了一线生机，这是它从他闪烁不定的眼睛里捕捉到的。初见到小峰的那一瞬间，它狂喜得一下子从水面上跳跃起来，它感觉它发出的声音像箭一样沿着水面冲刺过去。小峰，快救救我，快把我捞上来，我们才是好朋友，我们才能互相给予快乐。可是它随后就发现了小峰身后的女人，它认出了这个女人，知道她是小峰的母亲，而且它还知道她是众多老师中最无聊、最讨厌的一个。它脆弱的灵魂这时突然被吓了一跳，但它还是很快就镇定了自己，并给自己鼓足了勇气和信心，冥冥之中，它听到内心的渴望与坚持，不断地劝慰自己，不要怕，不要沮丧气馁，千万要抓住这次难得的机会。于是它开始不断地大声呼唤小峰的名字。

现在，我们先来了解一下男孩小峰的近况。

皇亲镇的人都知道五岁的男孩小峰一直跟着他的母亲洪英老师。洪英上班时，他便抓着母亲的袄后襟坐在电动车后架上，慢悠悠地穿过皇亲镇的大街小巷。母亲没课时，他便待在英语教研室里学字母与绘画；母亲有课时，他就独自在教学楼下的花圃园里玩。小峰经常看见母亲那张圆且白皙的脸从三楼教室的窗口探出来，母亲或微笑或向他招手，有时候，母亲还把纸叠的彩飞机飘飘忽忽地掷向楼下。

小峰越来越厌恨那些字母了，他无法搞懂那些小饼干似的东西为何到了母亲、阿姨或叔叔们的嘴里，就会变成古怪而难听的声音！他感觉它们像无数只跳蚤一样，一路拥挤着蹦进他的耳朵里，让他浑身瘙痒，无法忍受。小峰后来也逐渐憎恨起了纸飞机，纸飞机由楼上飘下来，母亲总是喊那几句类似的话，小峰快看呐，是新型的，是American-X47B无人机。小峰听了就不屑地从鼻孔里发出一声哼，而后把新近学来的一句脏话不耐烦地讲出来。大爷的！纸飞机有什么好的！不过小峰最终还是会懒洋洋地走过去，把它捡起来，这似乎是出于对母亲的一份尊敬吧。等到纸飞机被小峰带到一丛茂密的塔松后面，很快便变成一些纷纷扬扬的雪片。

男孩小峰在学校最后的那段日子，也就是在他出事前的那段日子，他莫名其妙地爱上了水和一切与水有关的事物，人们普遍认为这孩子的偏爱已经到了如痴如醉的地步。稍不留神，花圃园里的水龙头就会被拧开，此举也曾三番五次引起校方的不满，可是这孩子好像是中了某种魔法，他把园艺工和母亲的怒目呵斥转眼就抛到脑后。他不顾一切地拧开水龙头，站在淙淙流淌的水边，一把一把朝上面撒落各种树叶，他目不转睛地盯着那些排列整齐的树叶，看着它们随着水流上翻下涌，随波逐流，便高兴得手舞足蹈，为它们哼唱轻快的进行曲，当然有时候他也为它们设置各种障碍。一次，有人注意到小峰竟然朝着一只徐徐流动的纸船慢吞吞地坐了下去，结果当然是弄得满身水渍、泥污了。

小峰雀跃地奔跑在甬路上，右手端着一只漂亮的纸船。

小峰的身后尾随着慵慵懒懒的洪英老师。洪英老师心不在焉地张望着操场方向，操场上两个班的学生在上着乱哄哄的、放羊似的体育课。这是二〇一一年秋天一个罕见的风和日丽的下午。这个下午，百事厌倦的男孩小峰终于成功逼迫同样百无聊赖的母亲走出了教学区。

现在蓝天下的男孩小峰活像一只刚刚出笼的小鸟。

苍穹旷远而空灵，池塘周围弥漫着氤氲的腥湿气息和夏天里没有散尽的腐烂物的霉味。当时漂浮物正浮在离岸边四五米远的地方，它优哉游哉的，像躺在一张柔软的席梦思床上，时断时续的喧嚣隐隐约约地传过来，宛如一支支恬适的催眠曲，摇得它昏昏沉沉，似睡非睡。也就是这时候，漂浮物听见了来自岸边的小峰的声音。

"咦？大木船，这里有一只大木船。"小峰说。漂浮物睁开眼，蒙眬中它看见一个男孩笨手笨脚地爬上那只朽漏的大船，孩子的动作很滑稽，他使着吃奶的劲儿企图摇撼那只木船，船身却纹丝未动。孩子的行为一下子赶跑了它的睡意，它呼喊了一声，跳跃起来。可是它发现孩子非但没有看见它，甚至连它的声音也没有听到。

那孩子反而转过脸去，朝着甬路上的女人叫道："妈妈，妈妈，你快来，这里有一只大木船，我要划船。"

女人卷起看了一半的杂志，攥在手中紧走着，一面走一面嚷嚷："哎哟哟，快下来，我的小祖宗，那上面多脏，你这孩子真是淘气，一点儿也不知道疼人，妈妈一个人整天忙里忙外的，累都快累死了，看看，现在又要给你洗衣裳了吧。"

小峰似乎没有听见母亲的话，他怔在船头惊愕地注视着某处塘面——漂浮物最后的一次努力跳跃终于被他发现了——他呆愣愣地瞅着那块漂浮物，那傻样子一看便知他已经爱上它了。

突然出现的一见钟情让它有些受宠若惊，它看见小峰忽然回头瞥了母亲一眼，举起手中的纸船指着它说："妈妈，妈妈，我要那个。"洪英老师这会儿已走到儿子跟前，她的嘴巴还在啰唆个不停，她弯腰用杂志拍打小峰膝处的泥土。"那里有什么呀，有什么呀！"她有些烦躁地说，"你这孩子就会多事，我们走，我们不在这儿玩，我们到操场上和大哥哥、大姐姐们玩。"

"不，我就要那个。"小峰拽着妈妈的衣服说，"那东西明明就漂在那儿，刚才它还跳起来呢，难道你没看见吗？"小峰执拗地挣脱母亲，坐在石砌的坡岸上。洪英老师盯了儿子片刻，她无奈地摇了摇头，显然面对犟牛一样的儿子，她已经毫无选择了，不得不睁大眼睛佯装着在塘面上巡视。此刻，宽阔的水面静静的，没有一丝波纹，乌油油地泛着暗莹的光。洪英老师看了一会儿，眉头渐渐皱了起来，她没有寻见那块惹事的漂浮物，她蹲下来抚摸一下儿子胖乎乎的小脑袋。"乖儿子，"她说，"那里什么也没有，只有水，水你还记得吗？噢，我的棒儿子，相信你一定记得，妈妈教过你的，水是water，w-a-t-e-r。"

"你真看不到吗？"小峰说。

小峰不理他的母亲，不管她什么 water 不 water，自顾自地跳跃起来，一面急切地反驳，一面在石坡上转，最后他捡起一块应手的石头，拽着母亲小心翼翼地溜到塘沿。妈妈，你看着啊，他叮嘱说。他扬起手用力将石头抛出去，石头划过一道美丽的弧线咚的一声落入水中。洪英老师看看漂浮物，少顷，又看看满脸怨气的儿子，最终如释重负地轻笑了一声。

　　"我当是什么宝贝呢，"她开导儿子说，"不过是一块烂木板嘛，小峰，咱不要那个，听妈妈的话，那东西太脏，说不准它还是块棺材板呢，棺材你懂吗？就是装殓死人用的，想起童四奶奶了吧，她死的时候不就躺在一个大红匣子里吗？那就叫棺材。"

　　"棺材板我也要，我就要，你不给我捞，我就自己下去捞。"小峰这会儿实在是急了眼，他偏偏不听母亲的话，发疯了一般怒视着他的母亲，逼视着他的母亲。而洪英师也不愿就此让步，她想全是自己惯坏了这个孩子，这哪里还能叫孩子呢？分明是个小祖宗嘛。结果母子二人就在这池塘周围展开了久久的对视，这是一场无言的非要分出胜负的抗争。而抗争的结局还是洪英老师失败了，洪英老师后来实在坚持不住了，首先移开了目光，她看着自己的鞋尖，声音明显不如先前那么生硬了。"好吧，妈妈给你捞，"她最后说，"不过你要听着，捞上来以后必须跟着妈妈回教学楼，因为妈妈等会还有课呢。"

洪英老师捡起了一堆砖头和石块，她想用它们打捞漂浮物，她把它们一块块地投向漂浮物的更远处，水面上一圈又一圈的涟漪接连涌起来，漂浮物随着波浪徐徐地靠向岸边，它得意地看着小峰，小峰这时候已不再生气了，他把纸船扔到了一边，举着小拳头为他的母亲加油。大约离岸边还有一米远的时候，它看到洪英老师长长地嘘了口气，接着蹲下了身子，她试着够了两次，够不到，于是开始用手掌一下一下划动水流。

　　漂浮物最终被捞上来了，不过一个更棘手的问题又马上接踵而至，问题仍然出在男孩小峰身上。这孩子今天不知怎么了，好像吃错了药，脾气一直怪怪的，他接过母亲递给他的漂浮物，并没有显出多么兴奋的样子，他甚至连声谢谢也没有说，只是偷偷地盯着母亲，当他见到母亲弯下腰去捡杂志的时候，他突然叫起来："妈妈，你自己回吧，我还不想回。"就这样，他抱着那块湿漉漉的漂浮物，撒腿疯了似的朝着北边操场边缘的那三间体育器械房跑去。

　　洪英老师着实被气坏了，她说什么也没料到儿子会和她斗心眼儿。儿子才五岁，五岁的孩子也会出尔反尔了吗？五岁的孩子怎么就能轻而易举地将她"骗"了？她岂不成了全世界最笨拙的母亲？望着儿子企鹅般奔跑的身姿，她心里是又恨又爱。她站在那段矮花墙旁，高喊了一声："慢着！小心摔着！"忽然就觉着自己的身心是那么疲累。

她无奈地叹了口气，抬头望了一眼操场方向，发现操场不知啥时已变得空空荡荡的了，一头花乳牛正一动不动地立在场外，茫然地昂着脖颈，目光似乎也在注视着器械房那里，难道它也在关心不乖的男孩小峰吗？

小峰这时候已跑到器械房门前，这孩子突然站住了，他好像是受到了某种声音的惊吓，抑或是看到了某种意想不到的画面，洪英老师正狐疑间，忽然看见教体育的小蔓和大冯一前一后从器械房中走出来，她注意到二人时，他们也同时发现了她，小蔓向她友好地摆摆手，然后把目光又转向小峰，她叫了一声小峰，便冲他扑过去，动作很明显是想抱起小峰，但却被小峰很滑溜地一闪躲过。

洪英老师匆匆来到器械房，一面和小蔓、大冯两人打招呼，一面批评自己的儿子，她说："小峰，你这孩子怎么越来越不乖！她是蔓姨，这是冯叔，蔓姨还给你买过冰激凌吃，快叫蔓姨，叫哇。"

小峰不理睬他的母亲，他昂着头厌恶地看着大冯，忽然指着大冯说："我不理他，他是流氓，她也不是好人。"洪英老师被闹得立刻怔住了，儿子怎么突然冒出这样一句古怪且不中听的话呢？她尴尬地咧了一下嘴，偷窥小蔓一眼，发现小蔓颧骨上的肌肉不由自主地弹跳了两下，她愧疚地吓唬儿子道："看你这破孩子，谁叫你满嘴胡说的，再敢胡说，妈妈可要揍你了。"她扬起手臂假意在小峰眼前晃了晃。

小蔓的脸色这时已复归自然。"你别怪孩子了，孩子还小嘛，他懂什么！"她走到小峰身前，用手指轻刮一下小峰的鼻子。"小峰，留下来跟蔓姨一起玩好不好？你说玩什么蔓姨就陪你玩什么，蔓姨还可以教你骑木马。"

"对，洪英老师，就叫你的宝贝儿子留在这儿吧，反正我们俩等会还有课，我看他是在教学楼里待腻味了。"大冯也赶忙帮腔说。洪英老师犹豫了少顷，拿不定主意，用目光询问儿子，小峰此刻已蹲下身子十分专注地玩起了漂浮物，他把漂浮物放在地上，平推着缓缓前行，嘴里发着呜呜的类似船笛的声音。她知道自己的儿子是极不情愿回去的,要么就留下来？她在心里问自己,会出事吗？能出什么事呢？有小蔓、大冯，还有那么多学生，大概不会出什么事的。

小峰于是被留在了操场。

教室里此时正乱哄哄的，有的嗑着瓜子看穿越小说，有的捧着封面上印着漂亮女孩的杂志看得津津有味，还有人围在一起做拍饭票的游戏。佟佟最显眼了，他穿着旱冰鞋在课桌的夹道间神采飞扬地穿行着，他的动作看上去极为潇洒飘逸，好几名女生都被他吸引住了，痴痴的双眸随着他的身影流转。

事实上，洪英老师一上三楼就听见了喧哗声，由于恼怒，白皙的脸成了青石色，她紧走几步推开教室的门，学生们被吓得叽里咕噜复归原位，她把蓝色讲义夹重重地摔在讲台上，从后排开始，逐一扫视每张面孔，目光最后落在佟冬的身上，这家伙挤在别人的座位处，正撅着屁股解旱冰鞋的带子。

"佟冬，"她说，"你到前边来。"佟冬迟疑着，似在考虑应对的办法。他没敢再滑行，低着头一步步朝前面走，同学们听到他的鞋子与瓷砖地面撞击发出咔嚓咔嚓的声响，声音尖厉刺耳，地面上乱七八糟的划痕很像儿童的粉笔画儿。

洪英老师皱了皱眉头，她想到二层的教室肯定听到了这里的吵闹声，隔壁的教务处可能也听到了，这不是在给她上眼药吗？她的心情越发恶劣了。

"你知道这是什么地方吗？"她问佟冬。

"知道。"佟冬回答。

"知道现在是什么时间吧。"她又问。

"知道。"佟冬语气淡淡的。

"那么想必你也知道此时此地该干什么了，对不对？"她的语气中明显掺杂了揶揄的成分。

"是的。"

"出去！你给我出去！"她忽然尖声叫起来，指着佟冬的鼻子命令他。

可是佟冬没有动，伶冬看上去异常冷静，盯着洪英的脸语调很温和地说："可是，我同样知道您作为老师，上课更不应该迟到。"

洪英老师吃惊地愣住了，因为以前从来没有哪个学生敢直面反驳她，仓促之间她不知道说什么好，她下意识地重新审视这位少言寡笑的学生，而其余的人则不怀好意地骚乱起来，她再也遏制不住自己的暴躁情绪，她鄙夷地怒视着他们。"干什么，干什么，是不是不想上课了？不想上课好办，你们给我写作业，抄单词，把第五课的单词统统给我抄二十遍。"

洪英老师一气之下走了，她把佟冬也带到了英语教研室。

教研室在办公楼的三楼，与教室成斜对面，相隔二十多米。下午三点多钟，校园相对寂静，只有个别学生以解手或取某种文具为由在楼外四处闲逛。洪英老师站在教研室里，遥望教室的窗口，一些脑袋老老实实地映在玻璃上，她斜过脸瞥见佟冬也规规矩矩地立在墙角处，于是不屑地哼了一声。暂时她还不想理睬他，她认为以冷对冷才是整治这些坏学生的上上策，同组的小孙老师坐在不远处，不声不响地发短信。看着小孙老师幸福的样子，洪英心中渐渐不舒服起来，她想到了儿子小峰，小峰最近越来越不乖，坏脾气日渐增长，稍不顺气就说脏话，她考虑造成如此不良的结果是否是因为自己教育不当，可是思来忖去都找不到自己半点不是。后来她想到了丈夫，丈夫远在铁路那头工作，总是很长时间不回来，偶尔归来也是匆匆忙忙的，教育孩子、照顾家庭全落在她一个人头上。孩子没有父爱怎么行呢？她开始有点责怪自己当初恋爱那阵儿，头脑过于简单了。

哎，爱情过不了日子啊！

洪英老师回到了英语教研室。小孙老师还坐在那里，仍然闷着头发着信息。佟冬换到了另一个墙角儿，他不再老老实实地站着了，两条细腿晃来晃去，似在模拟着滑冰的动作。洪英站在窗前静默了须臾，然后回过头来瞥了一眼小孙老师，接着悄无声息地走过去，她伏身趴在小孙老师桌边。

"小孙老师，我问你个事儿。"她说。

小孙老师抬起头来，她注意到洪英与几分钟之前简直判若两人，脸上怒容遁得无影无踪，诡谲和怪异正闪闪烁烁。小孙老师一时间有些惑然。"什么事儿，你说吧。"她继续摆弄手机。

"小蔓的事儿，你知道吗？"

"小蔓？哪个小蔓？"

"就是咱们学校的体育老师小蔓哪。"

"她……她怎么了？"

"你真不知道？"

"不知道。"

洪英老师直起身子朝门走过去，拉开门往左右探了探脑袋，又快速趑回来重新趴在桌边。她盯着小孙老师的眼睛，用手挡住嘴巴的一侧压低声说了句什么，小孙老师的手指这时猛地僵住了，靠在椅背上的身子也不自觉地朝桌边移过去。

"你说的可是真的？"她说。

"当然是真的了。"洪英老师撇了一下嘴巴，继续说，"有人亲眼看见，亲眼看见她和……"她突然缄口瞟一眼佟冬，发现佟冬已经不动了，正侧着耳朵偷听她们的谈话，于是把声音压得更低。

佟冬听不到两人的讨论，但是他听出来她们在议论体育老师小蔓，而且是关于小蔓的隐私，看到她们由大声转小声，最后又改为在桌面上指指画画，那份兴致加上那份神秘兮兮的表情，他感觉简直太可笑了。他想，原来老师们竟然也如此无聊，后来佟冬心中慢慢涌起一股莫名的不屑，冥冥中他听到一个声音不断地向他乞求，快阻止她们吧，快告诉她们吧，可怜可怜她们。

佟冬就被这种哀怨而慈悲的声音推动到两位老师身前，他淡淡地对她们说："你们别再瞎猜了，我知道那个男人是谁，只是我没跟任何人说过那个男人是谁。"

他看到两位老师霎时都怔住了，她们盯着他的脸，盯着他的眼，仿佛不认识他一样。"你们知道在哪儿吗？就在操场北边挨着池塘的器械房里。那天放晚学了，我去找我的滑板，滑板放在窗台上，可是我没拿到，隔着门缝我一眼就看见了他们，两位体育老师，小蔓和大冯，这有什么呢！"

室内出现了短暂的沉默。

小孙老师从佟佟的脸上收回目光，目光是窘迫的，缓缓移到洪英老师的脸上，她看到洪英的眼神起码过去三十秒了还是呆滞的，她感到很奇怪，说："嗨，你怎么啦？"

洪英老师没有丝毫的反应。小孙老师听到她懵懵懂懂地自言自语："两位体育老师——小蔓和大冯，是大冯，怎么没想到啊？应该想到的，他们……"洪英老师突然从椅子上蹿起来，尖刺地喊了声不好，慌慌张张地奔出了教研室。

"她怎么了？"

"你说呢？"

"我不知道。"

"我也不知道，鬼才知道呢！"

小孙老师和佟佟面面相觑。

洪英老师的脑子快如闪电，她想到了儿子小峰，小蔓和大冯有如此关系，他们能有心情照顾好我的儿子吗？洪英老师的眼睛里一个可怕而悲惨的景象渐渐清晰起来，那是她儿子在水面上伸着一双小手挣扎呼救的情景。

洪英老师急得快要发疯了。

三点四十五分，第二节课已经结束了，洪英老师没有觉察到，有人看见她癫狂般由办公楼三楼跑到一楼，敏捷地冲出楼门口，迅速穿过花圃园冲上西去的甬路，她不理任何人，飞一般赶往校园西部的操场。可惜操场早已没有人了，连那头花乳牛也不见了踪影，她站在池塘边，嗓音嘶嘶哑哑，唤了几声儿子。

"小峰——"

"小峰——"

回答她的是一片死寂。

洪英老师迅速往回返，途中渐渐镇静了些许，一进教学区她逢人便问："看见我儿子了吗？看见我儿子了吗？看见我儿子了吗？"

"没有。没有看见你儿子。你儿子不是跟着你吗？"

……

她一直问进教学楼里，体育组的门敞开着，四五个人正在那里闲聊，小蔓和大冯也在其中，见到她，两人不约而同地和她打招呼。

"洪英老师——"

"我儿子呢？小峰没有跟着你们吗？"

"他没回来？我们还以为他早就回来找你了呢。"

洪英老师的脑袋轰地一下大了，乱了。心想糟了，我儿子肯定掉水里了。

"儿子——小峰——儿子，你在哪儿啊——"她在楼道里，在花圃园里歇斯底里地呼喊起来。小蔓和大冯也慌了，他们忙不迭地楼上楼下地寻找，都没有，到处都没有男孩小峰的影子。

事情就这样在仓促和忙乱之间突然暴发了。

二〇一一年中秋后的某个下午，皇亲镇高级职业中学，这所花园般的校园里，体育老师小蔓急切的声音就这样通过广播室的大喇叭迅速传遍了学校里的每一个角落，内容大致如下：英语老师洪英的儿子小峰约于第二节课期间在校园西部的池塘溺水，请会水的学生和老师火速前去打捞营救。

现在你设想自己站在教学楼四楼的楼顶，旖旎的校园风光你可以尽收眼底，你可以欣赏到古色古香的建筑群落，可以欣赏到如诗如画的花草树木，以及曲径通幽的石碌路面。除此，你无疑还可以看到更重要的，那就是活动在这美丽风景中的许多人，许多人神色慌张地朝着同一个方向、同一个目的地拼命地奔跑着。

占地二十几亩的宽阔水面呈现在不远处，像一块覆满灰尘的大镜子，恬适而安详，不过镜子很快就被打碎了。眨眼间，百十号人毫不犹豫地一窝蜂跳进池塘里，他们有的按照自己的规律一条线一条线地找，有的不住地扎猛子潜到水底下寻摸。岸上的人一点也不轻松，比手画脚乱喊乱叫地指挥塘下的人，见到塘下的人一个个牙齿相继打战，他们的脸色越来越沉重。

小峰可能完了，他们在心里想，即使捞上来恐怕也是个死人。他们一方面为洪英老师暗暗揪着心，一方面无不被眼前的景观所震撼，危难之中无私援手，近年来这种越来越少见的美德几乎让他们感到一股股热流在浑身各处冲撞。

然而，有一个人的看法恰恰与大家背道而驰。面对如此悲壮的景观，他不仅丝毫未感动，反而笑出了声，他拍着手嚷嚷，真好玩，真好玩，这么多人都来玩水。他就是男孩小峰。

不要奇怪，男孩小峰事实上根本没有溺水，他被锁在器械房里了。没有人知道他是什么时间钻进去的，总之他当时躺在一摞高高的海绵垫子上正酣然梦乡中，是阵阵莫名的吵闹声最终把他惊醒的。

他抱着他的漂浮物从海绵垫子上坐起来，透过狭窄而肮脏的窗格，看到许多人站在塘岸上，池水中。怎么一下子来了这么多人玩水呢？后来他看见了他的母亲，他是在听到母亲呼天抢地的哭声后发现她的。母亲古里古怪的哭声都把他搞糊涂了，母亲向来不玩水的，为什么母亲现在却又在看别人玩水，可看别人玩水也用不着哭啊？

是佟冬第一个听见器械房内的拍门声的，他离那里最近，他接着听见有孩子嚷嚷开门，他兴奋地叫嚷起来："小峰在器械房里！他没有溺水！"

小峰像一个犯了错的孩子，抱着那块漂浮物跑出器械房。洪英老师一下子把他抓住，跪在地上紧紧地搂抱，啜泣依然未止，她狠劲儿在他粘满灰土的脸上亲了几口。"乖儿子，吓死妈妈了！"她哽咽地说。

"放开我，我也要玩水。"小峰突然举起手中的漂浮物拍打母亲的手臂，"放开我！放开我！放开我！"

"小峰，你拿我的滑板干什么？"

"不，它不是滑板，它是我的小船，真正的小船。"

男孩小峰确实没有死，那仅是一场虚惊，不过洪英老师从此惧怕水和一切与水有关的事物，有时听到水声就会莫名其妙地战栗不止，你不能不说这件事给洪英老师留下了阴影。

最后一头驴

  春节前那天，殷屠夫走进主人家，我看见母亲眼里流露出恐惧和绝望，我当时还笑它了呢，也不想想，民间自古就流传着那句俗话——卸磨杀驴，我们驴类本来就是那种命运嘛，更何况母亲已逾壮年，它老得已经没有多少力气犁地和拉车，主人当然不会再在它身上白白浪费草料了。记得母亲刚生下我的时候，母亲百般呵护地为我舔舐浑身的毛发，它的眼里就曾涓涓地淌过泪水，只是当时我净顾着撒欢，没完没了地在它肚皮下吸吮那两只干瘪的乳头，没去细细揣摩那泪水的含义呀。

  那个春节我过得很孤独，仿佛主人突然间就不爱我了，我不知发生了什么事，总之被镇上的人称为大漏子的主人甚至连看都懒得看我一眼，更别说给我改善伙食了。大漏子其实是个十分勤快且心地善良的人，我一向认为工作和生活在这样的人家是件非常愉快而幸福的事情。那之前，他每天早晚都要为我各打扫一次房间，我房间的地面总是被铺满既柔软又干燥的沙土，为了感谢主人，每当他用那把光秃而坚硬的竹炊清洁我的皮毛为我解除瘙痒时，我总是暗下决心——我要给大漏子做一辈子奴隶，坚定不移地效忠终生，事实上我也的确是那么做的。我出生在大漏子家已经两年多了，换句话说我虚龄已经三岁了，我长得很结实，明眼人只要一看我圆圆的屁股蛋和像铁棒一样精壮的两条后腿就知道了；而且我尖尖的耳朵、大大的眼睛以及雪白的鼻头儿，均标明在驴类中我是特别漂亮的一个。大漏子家有十来亩地，母亲年老体弱，我几乎承揽了所有的活计，大漏子一贯都比较喜欢和疼爱我！

其实，最令大漏子欣赏的是我比一般的驴都聪明，你是没有和我交往过，假如交往一次，你就会完全相信我所言非虚，我不会说话，但是我能用各种独特的表情和动作表达内心的喜怒哀乐。可惜世间没有一所学堂是为我们驴开办的，倘若有，我敢说我的成绩一定是最优秀的。你不要以为我在吹牛，只要来到田间检查一下我的工作，你立刻就会竖起大拇指。

我确实不知道大漏子为什么不给我添加草料，春耕马上就要来临了，我想不出他懒得看我的原因，难道他不怕我饿瘦了而无法承担繁重的体力劳动吗？那可关系到他家全年的收成啊。直到有一天我终于明白了母亲为何默默哭泣，弄懂了它在被殷屠夫拉走的一瞬间为什么会那么痛苦而绝望，它当时丝毫没有挣扎和反抗，其实它一点也不怕死，它是在为我流泪，为我而痛苦绝望啊。

这天大漏子从外面弄回来一个庞大的怪物，砰砰的响声吓得我心惊肉跳，你没瞧见它的眼睛，它的眼睛足有头号海碗那么大，大漏子耀武扬威地坐在它的身体上，它的身子通体呈火的颜色，这色彩同样让我恐惧万分，它还长了四个轱辘呐。

我缩在房间的角落胆怯地偷偷睃视它，我窥见大漏子神气十足地从上面跳下来，他的表情令我忌妒，那是一种发自灵魂深处的爱，我只在刚刚出生的时候曾在他的眼神里模糊地捕捉过一次，以后就再也没有过，即便是我出色地完成最艰苦的劳动后。

不知大漏子摸了一下什么地方，砰砰訇訇的响声戛然而止。我忽然记起来，我曾经在田间和公路上见过这种怪物，听人们议论，那依稀叫作什么机，是的，我想起来了，骆三叔的主人家就有个那样的怪物。它主人的责任田与我们的毗邻，是去年秋种，接近黄昏时分，我整整拼命一天了，仍没有干完，我累得脚步趔趄，浑身的毛发被汗水浸泡成一条一绺的。

突然我听到轰隆轰隆的巨响像打雷一样沿着远处的工作路滚来，正是那样的怪物，它身后拉着个稀奇的铁东西，铁东西长了许多只脚。不一会儿它们就跑到骆三叔曾经干活的地里，又不一会儿那块比我们干活的地还多的地就被它轻而易举地耕种完了，简直太神奇了，真不可思议！我看得眼睛发呆，大漏子也发呆，他的面庞被毒太阳晒得黑红黑红的，可能是体内再没有汗液，他的蓝褂子瞧上去干巴巴的，结起一圈圈的图样的白碱，他一点儿也不比我轻松。

大漏子扬着头望着它们，像牛伯伯那样哈哧哈哧地喘气，我看清他的目光里充满了歆羡，不知怎么他猛然举起鞭子恶狠狠地抽到我的屁股上，我立刻感到一股灼辣的疼痛在全身游走。

以后，我再也没有见过骆三叔了。一回，我好奇地问母亲，我说妈妈，骆三叔到哪里去了？母亲缄口，黯然神伤。我又问母亲，妈妈，那个长了轱辘的红色大怪物究竟是什么呀，它怎么那么能干？母亲这下说话了，母亲首先感叹了一声，接着就告诉我那叫个什么鸡，我感到很惊讶，我说怎么还有那么大的鸡呢？得吃多少粮食呀？母亲苦笑着说："傻孩子，那不是下蛋的鸡，是机器的机，它不吃粮食也不吃草，只喝一点橙色的水。"我再问母亲关于骆三叔的下落时，母亲又不说话了。不过，母亲低落的情绪已经向我昭示骆三叔肯定已经凶多吉少了。

只要见过骆三叔的人，谁都不能否认它是一头不可多得的棒驴，它虽然不比我灵巧，但是你听听它的名字——骆熊，就足以显示出它的高大雄壮和威猛剽悍，它真的像一匹大骆驼呀，皇亲镇上没人能测出它真实的力量，反正马不能拉动的犁它能拉动，骡子不能爬的坡它能爬得动，总之关于它的事迹母亲在世时就频频向我提及，骆三叔确实是一头被人们公认的杰出的驴啊。然而就是这样一头功勋卓著的驴，还是悲惨地成了人们的酱肉……我并非是在为骆三叔的死而感到悲哀，前文我就说过，我们驴类本来就是那种命运嘛，只是骆三叔还正值壮年，难道真的是这个世道变了？如果真是历史的必然趋向，那么我的遭遇岂不是更坏吗？

　　我知道我在大漏子家已经不可能再有什么作为了。大漏子已另结"新欢"，我无法与他的"新欢"一较高下，自然要被打入"冷宫"。一个春夏悄然过去，我整日无所适从，闷在一隅，几乎无人问津，我瘦得像一只病入膏肓的野狼，身上生了许多虱子，墙皮被我蹭得又光又滑，凹进去一大块。我的脾气越来越糟糕，吃饭的木槽竟然让我咬掉了过半，我的指甲愈生愈长，劈了许多道口子，站立的时候就感觉钻心的疼痛，苍蝇恣意在脚边繁殖蛆虫。

　　一天，我终于抓住一个向大漏子倾诉的机会。大约还有月余就到中秋了，那天大漏子莫名其妙地给我端来满满一盆嫩玉米，初时我真的有些受宠若惊，也有些惶恐。你知道嫩玉米尽管比不了山珍海味，可也赶上人们的大鱼大肉了，我馋得直流口水，更何况我早已饿得眼睛发绿，我真恨不得一口气就把它们咽下去，但是我没有，我乞求地望着这位善良的主人，对他说："老板，你就把我卖到别的人家吧，我想工作，我实在待不下去了。"

大漏子似乎懂得我的语言，不过他没有说话，默默地为我擦拭湿润的眼睛，又轻抚我的脑门，我感触到他的掌心里滚动着一股模糊的伤怀。

少年时期是茁壮成长的阶段，二十几天的"大鱼大肉"使我突然间变得判若两"驴"，我的腰身像大碌碡一样又圆又硬，屁股蛋如两面镜子，只要你站在我身后，就可以清晰观赏自己的容貌。我差不多赶上记忆中的骆三叔了。我不管大漏子将要把我卖到谁家，或者那根本就是临刑前的几顿饱餐，总之即便是死，我也要死得悲壮，我不能让人们小觑我们驴类。

自古以来，人们就一直把我们看成牲口，是的，我们没有那种文明的一夫一妻制。但起码也不像你们整日展现一副虚伪的面孔，口口声声说着道德伦理，处处宣扬着宗教信仰，可私下却又做着我们牲口都鄙夷的事！远的不说，大漏子有个女儿名叫梅华，我见过这个女人，应该讲她是个很不幸的人，大概半月前，她回到了老家，听说是因为她男人另结新欢不要她了，而她自己又下了岗，很让人心疼。

果然，殷屠夫再一次来到主人家了。

中秋前夜，那个夜晚出奇地宁静，月光是那样的惨白，大漏子家宽阔的院落弥漫着浓浓的血腥气息，那是刽子手殷屠夫肮脏的身体所留下的，我恨死那家伙了，牛伯伯是他杀的，骆三叔和母亲也是他杀的。我见过他家的高房子，我知道那漂亮的高房子处处流淌着我们同胞的鲜血，还有你看看他家的胖儿子，如果不是经常喝我们的血，能长得那样壮吗？

别以为我们驴不会报仇！

老实说，面对死亡谁都害怕。我才三岁，三岁是花一样的年华，但是人类是强大的，落在他们掌中，我除了束手待毙还能怎样，我只是心有不甘。那晚我更多地想到了母亲，其实母亲早已料到了今日。美好的月亮正在西下，银色正在转为灰暗，我知道当月亮完全沉下去时，便是我永绝阳世之刻。

院子里好沉寂呀。

我听到了一连串的脚步声，他们正在悄悄向我迈进，我发出了一声震天般的厉吼，我相信整个皇亲镇都听到了这声血和泪的撞击。这天夜里，我同时经历了大喜和大悲的双重感受。走向我的并非是什么殷屠夫，而是我的救星，她就是大漏子的女儿，一个离婚又下岗的名叫梅华的女人。这个女人怪怪的，她走到院子中央，默默注视着我。后来，她就走到我身旁，用手掌轻轻划几下我的脖颈，接着就将脸贴过来摩挲，那一刻我才领略到什么叫惺惺相惜。

她把我放了，送到了院门外，她的眼睛里全是鼓励，为了感激我抬起前腿和她握了手。我说过我是一头聪明的驴，能以各种独特的表情和动作表达内心的一切喜怒哀乐，本来接吻才是我们驴类表达最亲密关系的行为，可不是说我们驴的唾液中可能含有病菌吗？虽然我知道我没有，但是万一呢，我怎么能让恩人冒那种危险啊。

半年多没有走出大漏子家了，皇亲镇的街景显得些许陌生，我在寂寥的大街上茫然地奔跑了数圈，我没有嗅到同胞的任何气味，换句话说，我成了这个镇上唯一的一头牲畜，孤独和无助感霎时袭遍全身，一种前所未有的重负突然注进四腿里，仿佛在那一瞬间我的思维也全被抽了去，我当时什么也不会想，我都不知道自己是如何来到"公主坟"的。月亮已经下去了，正是黎明前的黑暗，皇亲镇的田野出奇地荒凉冷峭。"公主坟"是大漏子家最大的一块承包田，一畦畦小麦刚刚出土，尖梢上挂着晶莹的露珠，工整而有序，一看便知是那种铁东西的杰作。忽然想起我曾经问过母亲的一件事：这块地没有埋死人，为什么叫坟，还叫什么公主坟？母亲说这块地埋过人，而且真的是一位公主，她是乾隆爷的女儿呐，只是后来在"破四旧"的时候被人们挖掘整平了。

太阳露出了半张红脸，万物似镀了一层黄金。我听见四周开始传来隐约的吆喝声，慢点儿，好不容易才找到，别再把它吓跑喽！小心，逼急了，它有可能踢咱们的！大约十几个人，我看见他们手里有的握着棍棒，有的提着绳套，从四面八方警惕地朝公主坟围拢过来，大漏子一马当先，这位善良的主人大概是豁出去了，他擎着一把寒光闪闪的铡刀，满脸杀气，那位名叫梅华的女子神情紧张地尾随其后，她嘴里不住地喊叫："爸，你把铡刀放下，你别伤害它。"

　　包围圈越来越小，我没有跑，你不知道我当时的内心有多么泰然，我静静地坐在田埂上，像个还不会走的小娃娃那样，两腿朝前伸直，两臂抚在胸上，我闭上了眼，我看见了一轮红日正微笑着徐徐向我走来，一首来自天堂的乐曲就像清澈的淙淙溪流在我耳边奏响……

　　好久都没有动静，我睁开眼睛，发现人们木木地站在不远处，原来他们全被我奇怪的举止吓住了，他们或许以为一头驴在做着某种妖法呢。我望向梅华，这个女子正焦急地冲我挤眉弄眼，头使劲地一下一下歪向东南方，我瞭向那里，一道堤坝挡住视线，我豁然明白梅华是在示意我赶快逃跑。那里有一条宽阔的河流，她相信我能游过去，而只要一游过去人们就不可能再抓到我了。是的，这个想法固然不错，但是好心的恩人，你有没有想到即便侥幸逃脱眼前的劫难，那后果也同样不堪设想，哪里还有我们驴生存的地方呢？我凄厉地发出一声苦笑，冲恩人感激地摇摇头。

我被重新抓回了大漏子家。

那条铁链子可真硬，而且还有股难闻的生锈味，起初我不肯让大漏子将它勒进我嘴里，我的头固执地甩来甩去，躲避着。可是大漏子的手实在太有劲了，就像一把特大号的钢钳，死死地钳住我的下巴，逼迫我不得不把嘴巴张开，我的舌头和嘴角一下子就被勒破了，鲜血滴滴答答地往下淌。我有些恼恨他，牙齿咬得铁链咯咯响，我瞅着他凶神恶煞的脸，心里怨怼，你不是要把我卖给殷屠夫吗？不是要把我杀了吗？干吗还要折磨我？难道死也不给我来个痛快？

主人家的大铁门被牢牢地闩起来，显然是防止我再次逃跑的。大漏子彻底犯了犟劲儿，他根本就听不进梅华的苦苦哀求。梅华似乎再也想不出阻止他的言词，只能眼睁睁地任由他在我身上乱发脾气，我瞥见她眼里焦急地涌出泪来，她围在大漏子身后就像只热锅上的蚂蚁，转来转去，大漏子一鞭紧过一鞭，专捡我的软处抽，我的耳朵绽开了一道道血口子，他一边打一边咬牙切齿地骂，他说："没用的东西，我打死你，打死你，看你还敢不敢跑。"

梅华拉着他一条手臂，声嘶力竭地哭求："爸，别打了，别打了，它禁不住你这样打的。"

暴打一直持续了半个多小时。

三天以后，我的头上及软肋上结了许多血痂，多亏了梅华，我不太清楚她为何那么细心地照料我,她居然偷偷地给我涂了红伤药,还喂我最好吃的黄豆呢。你也许怀疑大漏子为什么那么痛打我,其实这问题十分简单,完全是因为殷屠夫不要我了。殷屠夫说,过了时辰的驴肉是卖不到好价钱的,赔钱的买卖谁愿意做呢?

过了一周,我的伤势彻底痊愈了。这天早晨,梅华突然把我拉出了家,这个女人怪怪的,肩上挎只鼓囊囊的旅行袋,一副要出远门的样子,我茫然地跟在她后面,不时有路人狐疑地看我们。

在镇西我们遇到了一位老奶奶,老奶奶领个三四岁的小男孩,小男孩哭着喊着非要叫奶奶抱着他追我们。我听见那个小男孩央求说:"奶奶,奶奶,咱们家也要一只那么大的黑羊。"

老奶奶显得很烦躁,大声申斥他:"什么羊,那不是羊,是一头挨千刀的驴。"听听,挨刀也就罢了,还挨千刀,若搁在以前,谁家要是有我这样一头驴,那份骄傲劲儿就甭提了。

梅华领着我像放牧一样行走了三天。三天里,她简直赛过母亲,或者更像一名循循善诱的老师,她给我讲了许多人生的哲理,诸如不要向命运屈服,不要受了一点坎坷就一蹶不振,应该学会坚强,世事艰难,事在人为,等等。我虽然听得懵懵懂懂,但是我的心情不知不觉间逐渐开朗起来,我偶尔还会做出一个滑稽的动作引逗得她开怀大笑。我们暂时忘记了一切烦恼。

第二天住旅店时发生了一件不愉快的事情，那是一家靠近路边的机动车旅馆，旅馆的房子很高，起码相当于大漏子家四所住宅摞起来一样高，方方正正的，看上去宛若一块大石头。看门的是个秃顶老大爷，戴一副老花镜，面目一点也不奸恶，可是他说什么也不让我们进去，他机警地询问梅华："你是牲口贩子吗？"梅华摇头，他又问："那你牵着头驴干什么？从哪来到哪去？它是你家的吗？"

　　梅华本来就是个不善言辞的人，被老人一追问立刻显出慌张的神情，双唇翕动，支支吾吾。老人突然严厉起来："你是不是小偷？"梅华连忙摆手："不，大爷，我不是小偷。您听我说，我真不是小偷。"

　　接着她便从她如何下岗开始，一直讲到我如何要被宰，她又怎么营救我的全过程，初时老人家尚能耐心地听，后来脸上渐渐露出一种怜悯和疑惑，当梅华讲到是要给我找份工作时，老人噌地由座位上弹起来，他随手抄起墙边的拖把高高举起，大声呵斥："滚！"他用拖把一直将我们逼到门外，我看见一个年轻人快速跑过来，他问大爷："怎么回事？"大爷厌恶他说："真晦气，来了一个神经病。"

　　天空已经黑下来，马路上的车辆如织布机的梭子般来回穿行，凶狠极了，它们的眼光刺得梅华睁不开眼，她的腿脚一瘸一拐，明显力不从心。两天了，我们大约走过了一百五十里路，她什么时候如此长途跋涉过呢！她的脚板早已磨出了大水泡。

我甩开缰绳，奔到她前面，匍匐在地，用鼓励的眼光示意她骑到我背上。梅华没有一点经验，胆也太小，她根本就不知道驴骑屁股马骑腰，她紧紧搂住我的脖子，结果尽管我小心翼翼地站起，一连三次她都笨拙地滑到地上。在这个夜晚，我们都玩得很开心。

差不多快天亮的时候，我驮着熟睡的梅华走着接近了一座特大的村落。这个村落也太大了，如果不是从外面进去，而是长期生活在其中，我说什么也不会相信它能有边缘。这里的房子更高，你得仰头使劲往上看，否则就甭想望到顶儿，而且奇形怪状的，还有一水儿玻璃的呢，街道也不像皇亲镇，纵横交错，起起伏伏。随着太阳的升起，行人车辆越来越多，每到一处十字路口，简直就像一大锅熬得扑哧扑哧响的稠粥。梅华可能实在疲倦了，一直安稳地趴在我背上，直到一个戴坡形怪帽的人拦住我们，那人瞪着眼睛喊："嗨，站住，危险！"梅华才一蹁腿溜了下来。

那人盘问了梅华好一通，不过后来还是放我们走了。

太阳悄悄爬过了房顶，天空仿佛蒙着一层云翳，光线是淡淡的，房顶儿是模糊的，处处熙攘嘈杂，好像耳朵眼儿里被塞了一团乱麻，这么大的村庄见不到一块田园，梅华要到哪里给我找工作呢？好不容易碰到了一片绿地，可是四周弥漫的竟是花草的酽酽奇香，又哪里种着什么庄稼？我看见里面种的不仅是各色的花草树木，还栽了许多石桌石凳，这里无论老人、小孩，或者年轻人，看上去个个像懒虫，我不知道他们手里拿的那叫什么农具，长长的、窄窄的、亮亮的，尾巴上坠着一条像鞭子一样的长穗子，他们把它举在空中慢慢地挥来挥去，根本就不往地上刨或戳，那哪叫作干活哟。

我们来到了一座宽大的门楼附近，霎时间缕缕氤氲扑面而来，这是什么地方？带我来这干什么？我望向梅华，发现她突然就显得不自信起来，她的脚步开始迟疑，叮嘱我站着别动，犹犹豫豫向一面小窗口走去。不久她返回来，说："走，我们进去吧，缎弟儿，以后这可能就是你的家和工作的地方了。"对了，忘了告诉你，缎弟儿是这次出走的第一天梅华给我起的名字，挺好听吧？她管我叫缎弟儿，我在心中叫她华姐。

我们由一个女孩领着走进园内，这园很深，远处的嬉闹声缥缥缈缈。女孩做不了主，她说我们只有去见领导才能下决定。

我们说话的时候，一些好事的人围拢过来，我听见两个人在那里议论："这头驴长这么结实，不在田里做活，拉这儿来干什么？""大概是动物园买的吧。""不可能，动物园买它？又不是国宝。动物园有驴，你以为这里没驴怎么着？""我知道这里有。""正因为有，所以才不可能买……"两个人的声音越来越高，你一句，我一句，竟然争吵起来。我感觉他们两个准是吃饱了撑的，咸吃萝卜淡操心，等哪天也下了岗，看你们还有没有这种心情！

我不清楚动物园是什么地方，不过从这三个字和这里漫天的气味推测，它应该像我们那里的养殖场，也许这里的动物品种更多些吧，不然建这么广阔的一块地方，得什么时候才能把本金捞回来？但是，动物园养驴做什么，鸡、鸭、鹅能产蛋，猪、羊可以供给人们肉食，而我呢？这里绝不像有田要犁的样子，难道……难道是想让我当一头种驴？

我见过我父亲一面，那是在我刚出生不久，我跟随母亲和大漏子去镇东南的茎秆河边吃草，当然是母亲吃，我在一边任意地玩。日将落时，我看见一头没法再高大的驴从河堤上昂首走过，它的脖颈下挂着一串铜铃，随着脑门上的红缨甩动，发出叮叮当当的响声，背上老汉得意而满足地哼着不知哪家子的戏曲，母亲也看见了它。

我说："母亲，你看，它多威风。"母亲瞪了我一眼，不屑地说："它有什么威风的，你知道它是谁？它就是你不学无术的父亲。"我以为母亲早就认识它，对它有成见，遂继续吞吞吐吐地问："既然它不学无术，那么它……它……"母亲生气了，非常严厉地训斥我："它是靠那个东西生活的，我们驴类全都看不起它，以后不许你再羡慕它，听见没？"

母亲的话犹在耳畔萦绕。

母亲的话我懂，母亲的意思是，即使将来我被饿死，也不要做种驴。我有些气梅华了，你怎么能给我找这样的工作呢？我不肯再往前走。其实，你知道的，那都是我误解了梅华，动物园根本就不是我想象的那样！

那几位叫领导的，简直连小丑都不如！他们不打量我，却一味地将目光放在华姐身上。老实说，华姐虽然有几分姿色，但毕竟已年近四十，加上连日奔波，头发松松散散，勉强遮盖着黑瘦的双颊；再说衣着，为了抵抗寒冷，又因为已近深秋九月，赶夜路自然不同于睡安乐窝，里边是件浅绿色的羊毛衫，外套米色风衣，脏兮兮的，且纽扣也掉了两颗，扣眼儿豁开了一道口子。

不过这应该全怪我呀，要不是我昨天晚上三番五次地将她摔下身体，她怎么会弄成这样？

那个油头粉面的中年男人肯定不是好人，他嘴里叼着烟，首先往我脸上喷了口烟雾，我禁不住打了一长串喷嚏。他的表情最让我憎恶了，是那种既猥亵又轻蔑的嘴脸。他点着头，又转到华姐身前，你怎么替它着想的，他不怀好意地上下打量着华姐，说："它和你什么关系。"

听着他嫌弃的语气，我真想上去踢他几脚，或者干脆咬伤他，把身上的病菌全都种在他身上，叫他最终抽风而死。华姐也被他激怒了，但是华姐气势汹汹的目光很快收了回来，她赔着笑脸唯唯诺诺地自嘲："我是有些衣冠不整，像个疯子，可是您千万别把我当成疯子，我知道，你们现在的日子也不好过，连混口饭吃可能都艰难，何况再多养活一头毫无观赏价值的驴。我只是……只是……"她望我，冲我轻轻点一下头，又把脸转回去，"这头驴实在太好了，我实在不忍心看着它死。这样，如果你们确实感觉有难处，我就不要钱，一分也不要，白送给你们，只希望你们能善待它。"

在场的人尽皆怔住，看得出他们均有些紧张，沉默少顷，还得说是那个中年人脑子快，阅历深，他狡黠地盯了华姐片刻，突然朗声大笑，他吩咐领我们进来的那个女孩说："小范，到我的办公室给警察打个电话，就说这里有个骗子，叫他们赶快来一趟。"

"别打！"华姐急了，扑过去，拦住那个叫小范的女孩。华姐说，"领导哇，我不是骗子，真不是！我知道，这年头骗子很多，五花八门的都有，我不怪您，请您仔细想想，我拿一头驴骗你们干什么？难道还想换一只老虎或大熊猫不成？如果你们还不信，我可以给你们当场立字据。来，你们看，这是我的身份证，我就是不愿意让它死，所以才奔波来到这里，难道白送你们都不要吗？"

几个人面面相觑。

我最终没有被留在那个叫动物园的地方，不是因为他们不要，而是因为华姐不给。华姐是在气愤到极点的情况下，把我从他们手里夺回来的，试想白得的东西谁不要呢？错就错在他们依然把华姐当成了又疯又傻的人，他们说："哎——这傻东西，她不舍得吃，竟送给咱们吃。"没料到，这话恰巧飘进依依目送我的华姐耳中。

我们向着西南方向走，华姐坐在我的背上，无论怎么说，华姐都算是那种最刚强的人，我对她从心底里肃然起敬。动物园的那些打击像完全没有发生过似的，她依然有说有笑，快乐得如同一个无忧无虑的天使。用她教导我的话说，所有的深渊都有边缘，只要你用心，锲而不舍地去寻找。

我们穿过一村又一村，越过一个又一个城镇，华姐总是乐此不疲地给我讲述古今中外、地下乃至天上的故事，我知道了那个大村庄其实叫城市，知道了那些既高又漂亮的房子原来叫楼，天空隆隆翱翔的巨鸟是飞机，铁轨上呜呜奔驰的长怪物是火车，我知道了我们生活在地球上，地球上有一望无际的大海和比云彩还高的山，有发达的地方和穷困的地方，有好人也有坏人……

我们晓行夜宿，忘掉了走过多少时日，只记得我们由宽阔而平坦的柏油路转向了比较窄的马路，最后又来到起伏跌宕、坑洼不平的小径。终于这一天，我们乘坐一回摆渡，眼前忽然出现了熊熊燃烧的火焰山。见到火焰山，我激动得忘乎所以了，我禁不住立刻问华姐："华姐，看，这是火焰山吗？"我当然不是真问，因为我根本不会说人话嘛，我是顿时止步，瞅瞅火焰山，弹弹前腿儿，摇摇耳朵，甩甩尾巴，再用目光询问华姐的。华姐霎时明白了我的意思，她笑了笑告诉我："傻缎弟儿，那不是火焰山，是野枫坡。因为野枫坡上到处长着枫树，赶上枫叶红了的时候，远远望去就像火焰山了。"

看着挺近，实际上还很远，我驮着华姐整整又跑了小半天，大约接近黄昏时分才勉强赶到野枫坡脚下。果真是漫山的枫叶，太阳被挡在了西面，使它们看上去殷红殷红的。在微微的秋风里，树叶哗哗地响，表现出极其雄浑的生命力。我们在枫林边缘寻找到一座老屋，老屋门前一位持板斧的老汉正在劈柴。老汉待我们如亲人，听说我们是从遥远的城市赶来的，要过坡，要到坡另一边送头驴，他高兴得连忙喊来孙子，他命令孙子说："枫儿，快，快把爷爷捕的那几只鸟放在火上烤了。再把酒找出来，爷爷要款待天上下来的菩萨。"名叫枫儿的男童十分可爱，他八九岁的样子，指着我和华姐问爷爷："爷爷，爷爷，什么是菩萨？她们俩都是菩萨吗？""都是，都是。"老汉已经开心得合不拢嘴了。

这一夜我们住在了老屋，睡得忒香甜。

翌日清晨，我们由老汉和枫儿领着翻越并不太陡的野枫坡，枫林内有条羊肠样的小径，老汉在前，华姐第二，我紧随其后，枫儿拿着树枝不时捅一下我的臀部或尾巴，这孩子像只话匣子，问这问那，似乎你不给他关电门，永远都不会止歇，然而你又不知道他的电门在哪儿。从他嘴里我们得知，坡那边的村名叫二十间房，共居住着十七户人家。看得出华姐依旧不放心，她再三地向老汉发问："二十间房一定会收留它吗？"老汉十分肯定地回答："会的会的。""您怎么知道一定会呢？"老汉就发出神秘的笑。原来他在昨天夜里趁着我们熟睡时，早已偷偷回过一趟村子，并不是怕村里人拒绝，而是忍不住要早些把这天大的好消息通知他们哩。

没想到坡西与坡东竟截然不同，坡西没有一棵枫树，"二十间房"隐藏在半山腰一块平坦的地势处，周围长着密密麻麻的杂树，袅袅的炊烟像浮云般缭绕不散，这里的土质是红色的，满坡都是红色的梯田。有几块田里种着小麦，长势喜人，鲜绿鲜绿的。

我们在二十间房受到了平生从未有过的欢迎，六七十口人一齐拥到村外，列成长长的夹道，为首的村主任脖颈下挂着一面陈旧的羊皮小鼓，还有两个人各拿着两只小铜锣排列左右，他们卖力地敲哇敲，其他人奋力挥舞着由枫枝临时做成的简易花环。我看见华姐流泪了。我也流泪了。华姐就是我的普罗米修斯，也是她自己的普罗米修斯。

还想听我后来的故事吗？我猜你肯定还想。不过想也不行了，现在已是春天，那边新建起的小学校已经传来普罗米修斯和枫儿们琅琅的读书声，我哪还有闲暇和你瞎侃呢？记住，我住在野枫坡，这儿是个十分美丽而幽雅的地方，我生活得非常幸福，只要你有心，就一定能见到我。好了，我们再见吧。

墨西哥"白娘子"

一

我遇到了难以言说的窘迫。

我满心欢喜,来到墨西哥,来到墨西哥城,来到"白娘子"的家。在此之前,我甚至美好地憧憬,将来要把自己幸福的家建立在这个太平洋东岸、总是能令许多人产生无限幻想的国度,一边勤奋创业,一边生四五个像"白娘子"那样皮肤白皙、金发飘逸的漂亮女儿。我甚至还设想过,总会有一天,我要带着妩媚动人的女儿们,陪伴着她们的爷爷奶奶、姥爷姥姥,其乐融融地游览西湖,我想象过她们乘坐在小舟上,一边观赏白堤、断桥和雷峰塔,一边聆听许仙和白娘子的动人故事。我要让她们明白,她们的母亲为什么给自己起名叫"白娘子";让她们了解,她们的父母,在二〇〇三至二〇〇七年间,作为杭州大学的学生,曾经是一对连神仙都艳羡的跨国恋人……但是这一切美好的幻想，都随着我踏入墨西哥城，踏入"白娘子"的家时，被"白娘子"父亲的一盆冷水浇了个透心凉。

这个冷冰冰的家伙，他到底怎么了？是一点儿都不懂人情世故？还是对我有意见？或者根本就没看上我？嫌我是个中国的穷小子吗？嫌我与他女儿长相不般配吗？可我是谁？起码眼下的身份，我还是他第一次上门的未来女婿，他怎么能对我不理不睬，甚至不屑与我一起用餐，简直岂有此理！难道他们墨西哥就是如此待客的吗？

我尴尬地坐在餐桌边，一声不吭，所有的窘迫无法掩饰地显现在脸上，我偷偷瞥了一眼"白娘子"——伊塞尔，看见她左眼夸张地冲我挤了一下，接着，她的左耳朵就像随着墨西哥乡村音乐非常神奇地弹动了几下，仿佛在跳中美洲的拉丁牛仔舞。

伊塞尔的耳朵非常好看，也尤为性感——墨西哥的女郎浑身上下都撩人，而且更加奇特的是，我敢说，全世界少有像伊塞尔那样的耳朵。一般的女孩子，都是扎出一个或者两个耳孔，再戴上各种耳饰。而伊塞尔的左耳却沿着耳际扎有六个耳孔，她从不戴任何耳饰，而是将自己一绺飘逸的金发沿着每一个耳孔迂回曲折地穿过。这卓尔不群的造型，总是能制造出一种令人心神摇曳的性感。

左耳跳拉丁牛仔舞是伊塞尔独特而标志性的动作，也是她对自己下一步所要干的事充满信心、踌躇满志的暗示。

我无疑受到了一些鼓励,伊塞尔父亲对我冷淡,也许他正有什么烦心事呢?她老妈不是还把我当成了上宾吗!看这一桌子美味珍馐,简直把墨西哥城最高档的酒店菜系都搬到了家里,肉类、菌类、海鲜类、昆虫类,应有尽有,即便是墨西哥的国宴恐怕也不过如此。

墨西哥菜肴本就与法国、印度、中国和意大利的菜肴合称为世界五大菜系,更有食虫国的美称。墨西哥境内的昆虫数量和种类闻名于世,他们所食用的昆虫,据相关专家估计,不下于四百五十种之多,而眼前的"湖米尔"蚊、"查普林"蝗虫、"埃斯卡莫尔"蚁卵,又绝对是昆虫菜系中的上乘佳肴。

墨西哥人以玉米为主食,就连国宴也是一盘盘的玉米。伊塞尔的老妈居然一次就给我准备了四种以玉米为主要食材的美食,分别是,"托尔蒂亚""达玛雷斯""达科"和"蓬索"。

"托尔蒂亚"是将玉米面放在平底锅上烤出的一种薄饼;"达玛雷斯"是玉米叶包裹的玉米粽子,里面有馅——鸡肉、猪肉、干果和青菜;"达科"是包着鸡丝、沙拉、洋葱、辣椒,用油炸过的玉米卷;而"蓬索"则是用玉米粒加鱼和肉熬成的一种色香味俱佳的鲜汤。

我慢慢地品尝着每一道风味独特的菜,偶尔在伊塞尔、咚瓦瓦和恰帕托(他们是伊塞尔根据我们中国的习俗,专门从墨西哥《改革报》请来陪我的朋友)的招呼下共同举杯,喝一小口龙舌兰酒。龙舌兰酒的辣味，以及缠绕于舌尖的微甜，很快便让我忘却了伊塞尔父亲给我带来的窘迫。

咚瓦瓦和恰帕托都非常健谈，而且知识渊博。

咚瓦瓦，女性，三十岁左右，毕业于巴黎大学，是《改革报》社长助理兼记者。恰帕托，男性，三十六七岁的样子，留学美国，《改革报》的副总编。

也许由于我是一个中国人的缘故，两人居然对我们中国的事情兴趣浓厚。噢，对了，我们交流一律采用的是西班牙语，此为墨西哥的官方语言，不知是否是由于一五一九年西班牙殖民者入侵墨西哥，而一五二一年墨西哥沦为西班牙殖民地所致。但有一点我一直非常奇怪，就是墨西哥虽然毗邻世界上最发达的美国，可在整个墨西哥内，你很难听到有哪个人用英语讲话，你甚至在墨西哥任何的公共场所，比如机场、车站、商业街……基本上都看不到一个英语单词。

好在我和伊塞尔有过三年恋爱的经历，早就熟练掌握了西班牙语。

这两人居然跟我侃起了中国的经济，说就在近几年，墨西哥人一个没留神，中国的经济就带来了冲击波。现如今，无论是豪华商场、大型超市，还是私人商店、街边小摊，都能看到中国商品的身影。在办公用品专卖店中，几乎一半以上的商品都来自中国，弄得整个墨西哥的制造业，几乎无一例外地把关税保护过渡期的最后一天视为世界末日。制造商们一面强烈要求政府采取措施，一面惶恐地高呼着"中国的狼"来了……

正当我听他们讲得入神的时候，伊塞尔的父亲忽然第二次出现在餐厅门口，他的脸色并没有比前一次好转，而且好像更加凝重了，他眄视了我们一眼，冷冷地命令伊塞尔："你明天带他去杜莱昂吧。"

我们四人面面相觑。

二

墨西哥城是墨西哥的首都，是全世界著名的城市之一。伊塞尔父亲，据说是在二十多岁的时候，就离开了他的乡下老家杜莱昂，前来墨西哥城闯天下。

伊塞尔常常跟我夸赞她的父亲，说她的父亲是一个非常能干、非常出色的男人。他两手空空，跨进人地两生的墨西哥城，经过短短不到三十年的时间，仅凭一己之力创造出数千万的资产。

她父亲还是个大孝子，自己的事业发达了，曾无数次地想把伊塞尔的爷爷奶奶接到城里，同他们一起生活。可是那老两口仅来过一次。他们和伊塞尔的两个叔叔生活在一起，用他们自己的观念讲，他们无法与墨西哥城的一切现代气息相融合，他们永远喜欢自己的杜莱昂，就是那种遍地都是仙人掌类植物的小村庄，以及小村庄外广阔的田野。即便是拥塞村街上的小房子，哪怕它的一面窗、一把椅子，或者一架窄窄的旋转楼梯，只有它们所散发的原始古朴气息，才能真正适合喜欢跳桑巴的激情澎湃的拉丁人。

杜莱昂地处距墨西哥城大约二百二十公里的亚热带河谷中。

我不知道伊塞尔的父亲让我跟随他女儿去那里的目的，去游玩吗？当然不是。

有那么一句话，走进神秘的墨西哥，你会寻找到许多属于自己的故事。作为早期印第安人文明史的产生与进化之地，那里有着许多历史遗迹，以及世界上一流的人类历史及文化艺术的博物馆。丛林深处和高山之地，到处都能见到神秘的金字塔。而作为北美洲南部，拉丁美洲西北端，南接危地马拉和伯利兹，东濒墨西哥湾和加勒比海，西临太平洋与加利福尼亚湾，海岸线很长的墨西哥，其秀美旖旎的风光更是比比皆是。他怎么可能叫她的宝贝女儿带我去一个乡下的普通村庄游玩呢？

是让伊塞尔的爷爷奶奶和叔叔婶婶们来审核我？有这种可能，但他自己都没"相中"我，还麻烦那些人来看我，又岂不是多此一举？我问伊塞尔，伊塞尔的回答更令我惊诧。伊塞尔冲我神秘地挤了一下左眼睛，她说："我父亲？不，不是他，是我爷爷奶奶和叔叔们要我带你来杜莱昂的。怎么，难道这不是你们中国的习俗吗？"

伊塞尔的表情里闪烁着难以抑制的骄傲。

墨西哥的乡村仍然以农业为主，这从公路两侧大片大片的庄稼便可以看出来。玉米、棉花、咖啡、可可、仙人掌等，尤以玉米和仙人掌居多。

玉米是墨西哥古印第安人培育出来的，因此该国享有"玉米故乡"的美誉；另外，众所周知，墨西哥还被称作是仙人掌的故乡，在世界上两千多个仙人掌的品种中，墨西哥竟种植着一半以上。

不知是否跟那个古老的故事有关。相传在很久以前，太阳神为了拯救四处流浪的墨西哥人祖先阿兹特克人，托梦给他们，只要见到鹰叼着蛇站在仙人掌上，那里就是他们未来的家。后来阿兹特克人几经跋涉，终于找到了他们梦境中的地方，而仙人掌也就从此象征着墨西哥民族顽强斗争的精神，成了墨西哥人的国花。

我坐在副驾驶的位置，伊塞尔驾车，我们一路北行，轿车如同一团红色的火，飞驰在墨西哥城外的乡村公路上，我一边欣赏着河谷上大片大片的仙人掌，绿色的、黄色的、红色的……一边听着伊塞尔给我讲有关他们祖先与仙人掌的故事。河谷里偶尔出现几个村姑，她们头戴草帽，洁白的衬衫下摆潇洒地扎起蝴蝶结，蓝色的牛仔裤挽过膝盖的裤腿，弯着腰或蹲在地上，侍弄着土壤上色彩艳丽的仙人球。

噢，好一幅美妙的田野图！

杜莱昂的村街狭窄得令人直摇头，有点类似浙江乌镇的石板街，如果两辆轿车对头开过来，就真的要考验驾驶员的技术了。可据伊塞尔介绍，墨西哥的乡村基本都是如此，保留十六世纪或十七世纪的建筑风格。

每个村镇都被划分为几个区域，就像眼前的杜莱昂被划成了八个区域一样，而每一个区域的中央全都建有一个古老的小教堂。教堂外是一片相对开阔的小广场，作为本区域的村民聚会、议事、娱乐和休憩之用。

伊塞尔把车停到一个小广场上。

七月的墨西哥，气候比较温和，接近正午的阳光直直地照耀着小广场。此刻的广场上熙熙攘攘聚集了很多人，我不知道这些人是来干什么的。我跟随伊塞尔下车，可我刚刚站到车外，甚至还没有站稳，呼啦一下竟有一百多号人将我围了起来，他们睁着大大的眼睛，上上下下，左左右右，十分好奇地打量我，仿佛我是一个外星人似的。难怪在墨西哥流传着那么一句话——"发生在中国的故事"，到了此刻我才算真正理解。对墨西哥人来说，中国的遥远不仅仅是在地理上的，更是在心理上的，"中国的故事"指的是什么？当然是指那些超出他们想象又实在遥不可及的事情。

这时我忽然听到有人喊伊塞尔。

伊塞尔用西班牙语回应了一声,她冲圈外的两个人兴奋地叫爷爷、叔叔。我看见一个七旬开外的棕色皮肤的老人,正高扬着手臂,不断地冲我们摇晃。两个同样棕色皮肤的中年人立在他的身后,而其中一人竟奇怪地牵着一匹配有崭新马鞍的高头大马。

伊塞尔也注意到了那匹马,我发现她的眉宇间狐疑地蹙了一下,她轻咦了一声。

老人让众人分开一条通道,迎了过来,牵着马的叔叔也迎了过来。

伊塞尔像个小孩子,立刻扑进老人的怀抱。老人一只手轻抚着伊塞尔的金发,泪光闪闪,说:“宝贝,爷爷好想你啊!上次见你还是三年前,你在中国那边一定受苦了吧?”

“爷爷,爷爷,我没受苦,我挺好的,您呢?我看您走路都不如三年前健壮了,您跟我们进城住吧?”

老人呵呵地笑起来:“我的傻孩子,爷爷当然不如三年前了,爷爷今年都七十六岁了。噢,宝贝,我们不要冷落了你的中国朋友。来,让我见见你的中国朋友。老三,老三,快,把马牵过来,我们把中国朋友接回家。”

被称作老三的一定是伊塞尔的三叔了。

三叔冲我走过来，众人闪出一片空地，他把马缰交到我手上。我实在不明白他为什么要把马缰交给我，我疑惑地看看三叔、二叔、爷爷和伊塞尔。伊塞尔似乎也糊涂了，她同样扫视一遍三个人，突然问向爷爷："爷爷，您牵马做什么？"爷爷也纳闷起来，反问道："给你的中国朋友骑呀，我看过你给爷爷带回来的碟片——《卧虎藏龙》，还有《英雄》，他们中国人不是要骑马上街的吗？我没有亏待中国朋友，那马鞍还是我请人新做的呐。"

　　我和伊塞尔禁不住哑然失笑。

三

　　我从起义者大街转向改革大街,这是墨西哥城内的两条主要干道,分别贯穿全城的南北和东西。

　　七月是墨西哥的多雨季节，赶上个别年份，有时会阴雨连绵二十几个昼夜。

　　我来到墨西哥城已经一个多星期了，这期间一连下了四场细雨。早晨，天空突然放晴了，太阳恍若洗了澡，用最明亮的光线照耀着美丽宽敞的街面，照耀着两侧鳞次栉比的银行、酒店、餐厅、剧院、夜总会、时尚卖场和各种类型的超市，照耀着街筒里各种肤色的闲庭信步的游人。

可是我的心情却依旧如昨夜的细雨，我无法打起精神来欣赏墨西哥城任何一处风景。我从掩映在绿树浓荫中那座精巧豪华的别墅里溜出来，纯粹是为了暂时逃离一种尴尬窒息的氛围。

事实上，自我从杜莱昂回来，我就陷入一种极度犹豫的状态，我犹豫是不是该不辞而别，偷偷地离开墨西哥城，离开墨西哥，离开迷人的"白娘子"伊塞尔。我仍然深爱着伊塞尔，这当然毋庸置疑，伊塞尔似乎也还爱我。但是伊塞尔的父亲却始终态度暧昧，他依旧对我不理不睬。而且更郁闷的是，伊塞尔的爷爷奶奶居然在那天跟着宝贝孙女一起来到了墨西哥城，那是两个蒙昧无知的老人，他们丝毫不接受自己无知，固执地把我看成一个"可怜的中国人"。作为一个遥远的客人暂时寄居于他家，他们"好心"地劝慰我，说千万不要有和他们孙女结婚的想法，否则我的下场将会变得更可怜。

听听，这不是威胁吗？

伊塞尔也突然间变得难以琢磨起来，虽然她照常对我挤左眼，左耳照常跳拉丁牛仔舞，但她与我的交流却越来越少，即使偶尔说上一两句，也总是吞吞吐吐，更别说寻找机会与我亲近。

伊塞尔已经连续两天悄悄地离开家，连个招呼都不和我打了。她去干什么了？去找工作？去她父亲的工厂？去改革报社？还是跟谁一起出去玩去了？总之不管干什么，把我单独撂在家里，似乎都不妥。她明明知道她的爷爷奶奶在坚决阻挠我们的婚事，而她母亲，其实也只是表面上虚与委蛇，她才不可能真正地站在我这一边。我无疑是处于四面楚歌的境地。

还好，总算还有个天真无邪的弟弟，这个十四岁的男孩有个很好听的名字，叫班班西。班班西能够清楚地表达一些中文。他特别喜欢缠着我，一会儿管我叫姐夫，一会儿干脆直呼我的名字。他总是拉着我追问："许仙，许仙，你告诉我，我姐姐是不是在认识你之后，才给自己起名白娘子的？"

老实讲，我的名字可能就是伊塞尔爱上我的真正原因。

她喜欢中国，喜欢杭州，喜欢中国的传统文化。在杭州留学的几年中，她曾无数次地钻进"宋城"——那个在杭州反映两宋文化内涵的第一个主题公园，乐此不疲地玩那种捕捉"宋江"的游戏。

那是一个非常好玩的游戏，在一定的时间内，如果扮演"宋江"的游客没有被其他游客捉住，那么这个"宋江"就可以到游乐园的管理处领取相应数额的报酬；而如果哪个游客，认出并抓住了"宋江"，那这名游客，也同样能得到游园所赏的奖金。

有一天晚上，伊塞尔津津有味地欣赏完《水淹金山寺》。她一个人开始在"宋城"里游览，当游览到"仙山琼阁区"，走进角落里一个洗手间时，无意间听到隔壁男洗手间里两个人的对话。那两个人说："今晚真是幸运，再过半个小时就可以领到奖金了。"

这两个人正是我和我的一个同学，这天晚上我幸运地得到扮演"宋江"的机会，我在同学的掩护下，一头就钻进了"仙山琼阁区"的厕所，本以为躲在这个偏僻的角落，一定能获得那笔意外之财了。但就在我们高兴得忘乎所以时，厕所里竟突然闯进一个外国的仙女，伊塞尔卓尔不群的容貌当时就摄走了我的魂魄。

我的同学喊："许仙快跑！"

我怔怔地看着伊塞尔。

伊塞尔嘭地一把抓住了我："什么许仙，他不是宋江吗？"她嚯地一下撩起我的假发，露出了游乐园印在我额头上的标记……

我和伊塞尔的结识可谓是一种冥冥之中的缘分，但我们的缘分会在这遥远的墨西哥城结束吗？我漫无目的地走着，茫然地看着墙壁上绘制的反映古代印第安人生活和墨西哥历史发展进程的壁画，大街上的建筑物上到处有这种壁画，这是这座历史名城的一大景观，墨西哥城也享有"壁画之都"的美誉。

可我不知道，眼前的这条起义者大街，是否与一八一〇年九月十六日，米格尔·伊达尔戈·科斯蒂利亚神父在多洛雷斯城发动起义，开始独立战争有关。伊塞尔曾经和我说过，墨西哥就像中国一样，曾数度惨遭西方列强的践踏和蹂躏，尤其是在一八四六年二月，美国还对墨西哥发动了战争，墨西哥战败，正式割让格兰德河以北的墨西哥全部领土。

伊塞尔痛恨美国，讨厌西方列强，她憎恶那些发达国家的强权主义，她曾多次在《改革报》上发表文章，呼吁墨西哥人正确认识中国。她强调，由于其他报社的负面影响，墨西哥一部分媒体对中国的报道内容很多都是有失公允的，从而误导了墨西哥老百姓对中国的看法。据说第一个被伊塞尔观点打动的人就是《改革报》的副总编恰帕托。

恰帕托很欣赏伊塞尔的才智，噢，也许不仅仅是才智，还兼有伊塞尔的容貌。

我不怀疑自己的眼睛，不怀疑自己的判断，我从第一次见到恰帕托开始，就有了这种酸溜溜的感觉。这个赫赫有名的副总编虽然一直在跟我谈中国，可他的眼睛却始终不停地瞄向伊塞尔，我当然能读懂那眼神中，除了欣赏以外，还隐藏着其他的东西。

我私下里旁敲侧击地询问班班西，我说："班班西，你认识恰帕托吗？"

这个鬼小子突然狡黠地一笑，他说："许仙，你怎么了？我当然认识恰帕托了。不过，恰帕托……恰帕托……嗯……他跟我姐姐……"

这小子一面观察着我的表情，一面欲言又止。

我装作漫不经心，继续问他。他最后突然莫名其妙地甩出一句："嗯，听说恰帕托已经离婚了。"

你听听，这小子也许是在逗我，也许是在和我玩什么心眼儿吧？他或许想要达到某种目的，这暂且不论，但这起码能证明，恰帕托与伊塞尔之间或许曾经存在过什么吧？

我正心事重重的时候，忽然看见了伊塞尔的那辆红色本田轿车从我身后的横道上拐过来，不是很快，我认出了车牌号，进而看见了伊塞尔，我正要冲轿车摆手，可是我举起的手突然僵在了半空，我瞥见恰帕托眉飞色舞地坐在我坐过的位置上。

四

班班西不断地纠缠我，甚至不断地用语言捉弄我，令我十分沮丧。但我确实拿这个聪明绝顶的少年毫无办法，他一会儿悄悄逗我说："许仙，告诉你吧，我爸爸，我爷爷，还有我奶奶，他们正在说服我姐姐，要她嫁给恰帕托呢……"一会儿又信誓旦旦地向我保证："不过，许仙，你放心，只要有我在，哼！其他的人，谁也别想当成我姐夫。我只认你一个人做姐夫，而且永远管你叫姐夫，嘻嘻嘻，不过……"每当说到这里的时候，这个狡黠的少年就会习惯性地抻一下自己墨绿色的足球衫，紧跟着做出一个漂亮的凌空抽射的动作。

　　班班西非常喜欢足球，他能如数家珍般报出墨西哥国家队和国奥队的大名单，能从细枝末节中道出每一个球员的优缺点，能像专家一样评论墨西哥队每一场比赛的技术、战术。他深信，他们的国奥队，有效力于西甲巴萨的桑多斯、奥萨的韦拉和拉科鲁尼亚的瓜尔达，再加上他们墨西哥球员超凡的脚法、娴熟的配合、行云流水般的进攻，还有张弛有度的节奏，一定能踢进二〇〇八年的北京奥运会。

　　我猜不透这位狡猾少年的葫芦里装的是什么药。但我断定班班西一定想把药卖给我，所以，我索性以静制动，等待这少年一点一点道出他的最终意图。我确信他能帮我，起码他能帮我偷听他爷爷奶奶的谈话，探听他爸爸妈妈的思想动态，侦查他姐姐和恰帕托的真实行踪。

　　伊塞尔今天又不在家，一大早就消失了踪影，又去找恰帕托了吗？她父亲连续两天没回来了。她爷爷奶奶也突然间改变了做法，不再游说我了，而是干脆给我摆出一副冷冷的面孔，像伊塞尔的老爹一样，对我不理不睬。我的心仿佛被什么东西紧紧地捆起来了，慢慢往上提，一直提到喉结的地方，堵堵的，我总是一口一口地往下强咽唾液，似乎这样可以把心脏压下去。

班班西和我一起用的早餐，这小子悄悄把餐厅门关起来，冲我做了个鬼脸，他嘻嘻笑了两声，说："姐夫，不必在乎他们，有我呢！我们快吃，吃完了，我带你去太阳金字塔和月亮金字塔那儿玩。"

我不置可否，闷头喝着玉米粥，我知道这小子肯定有重大的事情要求我，他现在简直就是在拍我的马屁了，还愁他不给我提供情报？

下了半夜的细雨，又是一个明媚的早晨。

我在班班西的带领下，坐上了一辆绿白色的出租车。

一般而言，在墨西哥搭乘出租车是很划算的。墨西哥城的出租车大体分成四种颜色，黄白色、橙色、红色及绿白色，均照表收费。红色的以包游览为主；绿白色有固定地点，叫客用出租车。

其实，我早就想出去玩了，太阳金字塔和月亮金字塔位于墨西哥城东北部大约四十公里的地方，那可是阿兹特克人所建的特奥蒂瓦坎古城遗迹的主要组成部分，也是阿兹特克文化保存至今的最耀眼的一颗明珠。联合国教科文组织曾在一九九八年把太阳金字塔和月亮金字塔古迹列为人类的共同遗产。它们对遥远的东方人来说，绝对充满了传奇和神秘的色彩，有着许许多多谜一样的故事。即使伊塞尔最终和我分手了，也算我没有白来墨西哥一回。

我们乘坐的出租车沿着起义者大街向北行进，墨西哥城的路况不是很好，加上车速较快，车身常常出现摇摆和颠簸的情况。我挺直身体，盯着前方的路面，可我突然又看到了伊塞尔的那辆车，那辆车比我们的还快，在车流汹涌的大街上像个泥鳅一样钻来钻去。

车里都有谁？是她自己吗？有没有那个恰帕托？他们也在向北行进，去哪里啊？也去看金字塔吗？我刚刚稍显松弛的心，又被捆起来，提起来。在这遥远而陌生的国度，我感觉那么无助，那么束手无策。现在自己心爱的"白娘子"正被别人紧紧地盯着、追着，我只能听之任之。

不行，我不能再这样被动地耗下去，我要主动出击，我要直截了当地询问伊塞尔，问她每天都在干些什么？为什么不带我一起去？到底还爱不爱我？如果不爱了，干脆地说出来，我许仙可不是那种没皮没脸之人，我会立刻永远地离开她，我才不会令她在一家人面前难堪。

我掏出了手机，翻阅号码簿，找到"白娘子"，拇指重重地摁了一下绿色键，将手机贴到耳朵上。无声，久久的无声。莫非伊塞尔关机了？我看了一眼显示屏，上面显示着正在接通中，我赶忙再次贴到耳朵上，手机里突然传来一句动听的西班牙语，"您拨叫的用户正在通话……"

班班西的手机猛然响了。

班班西接通了手机，他的手机音量很大，他就坐在我身侧，我能清晰地听见手机里所发出的每一个字音。是伊塞尔打来的。

"喂，弟弟，是你吗？"

班班西转过脸看了我一眼，说："嗯，是我。姐，你有事吗？"

"没什么事，就是想问问，你们上车了吗？"

班班西又看了我一眼，说："姐，我们上车了。"

"嗯，那好，谢谢你了，我这几天冷落了你姐夫，你一定代我陪陪你姐夫，听见没？"

"嗯，听见了。"班班西冲我挤了一下眼睛，"姐，你放心吧，我姐夫好着呢，高兴着呢。"手机里没有了声音。伊塞尔的车也不见了踪影。班班西面露尴尬地嘿嘿笑了两声。

我忽然产生了一些感动，原来游览金字塔是伊塞尔的安排，而并非是班班西所为。那伊塞尔究竟在忙些什么呢？她又为什么不跟我说明白？而且总跟恰帕托在一起呢？

五

我来到"死亡大街"，这是被称为"众神之都"的特奥蒂瓦坎古城最主要的街道。

"死亡大街"全长四千米，四十五米宽，纵贯古城的南北。太阳金字塔和月亮金字塔分别位于街道的东侧和北端。无论是古城遗址、金字塔，还是羽蛇神庙和鸟蝶宫，这里存在着太多的至今未解的谜团，哪怕是那些孤寂的残垣断壁，似乎都渗透着昔日此城的繁华与辉煌。古城缘何神秘地衰落？因为严重缺水？因为外敌入侵？抑或跟一场惨绝人寰的瘟疫相关？

带着些许激动和无限的崇敬，我像个孩子，雀跃着冲向太阳金字塔，跑上金字塔的台阶。我把班班西远远地甩在了身后，我回头看了一眼，他根本没有跟上来。我一口气跑上第一层的环形休息平台。

太阳金字塔始建于公元二世纪，是世界第三大金字塔，也是特奥蒂瓦坎最大的建筑。底边长二百二十五米，宽二百二十二米，高近六十六米，呈梯形，坐东朝西，外表铺砌和镶嵌着巨大的火山石，石头上雕刻着五彩缤纷的图案。塔体共分五层，正面建有二百三十六级台阶，可直通塔顶。塔顶曾有一座十米高的太阳神庙，是古印第安人祭祀太阳神的地方。墨西哥的金字塔和埃及的金字塔有着显著的区别，埃及金字塔是陵寝，而墨西哥的日月金字塔是则是祭祀的神坛。

我难以抑制对金字塔的好奇之心，两级两级地向上跨去。

太阳金字塔的石级，除了第五层都不是很陡，我很快冲到了第四层的平台。我站在平台上向下望去，我寻见了班班西，班班西仍然停在"死者大街"上，他正在给谁打或接听谁的电话。

我冲班班西喊："班班西——班班西——"

班班西一直仰头看着我，冲我摇动着另一只手臂："姐夫——你自己上去吧——我不去了——我在下面等你——"

我开始小心翼翼地向上攀登。第五层果然陡得厉害，加上踏面比较光滑，总给人一种摇摇欲坠的危险感，我一级一级地数着台阶，偶尔向上仰望一眼。我看见一张女孩的脸，那张脸似乎有些诡异，伸出塔顶的边沿，俯视着，一双贼溜溜的眼睛不浏览风景，好像在专门盯着我。我心里不免滋生了些许紧张。是嘛，身处异国他乡，尤其是在这充满了传奇色彩的特奥蒂瓦坎古城废墟，聚拢着全世界各个角落赶来的游客，谁能担保在自己身上不会发生任何意外？所以，我必须要处处谨慎啊！

应该还有十级就到塔顶了，我再向上看去，哦，那张诡异的脸终于消失了。此刻，是七月的某个上午，已过九点的阳光无遮无拦地扑到我身上，墨西哥的空气湿度本来就大，我的浅蓝色体恤已经完全被汗水浸透，我呼哧呼哧喘着粗气，一、二、三、四……啊，我终于站在了被誉为世界文化遗产的墨西哥太阳金字塔的塔顶。

呵，登顶的感觉居然是如此美妙！

一瞬间，我竟忘记了刚才那张女孩的脸，以及她那双诡异的眼。我站在乱石铺就的塔顶，俯瞰整个特奥蒂瓦坎古城全貌，丝毫没觉得疲累。我把双手圈在嘴巴周围，对着正在"死者大街"上玩着一个足球的班班西高声呼喊："班班西——我已经上来了——我登上金字塔塔顶了——你看见我了吗——我看到了你呀——"

班班西没有看我，他好像对我登上塔顶丝毫不感兴趣，他用双脚轮换着，踢着那个足球，那是班班西从家里带来的足球，这小子简直视球如命，只要外出，不管去哪，都要随身携带着足球。

这不，他朝太阳金字塔下的溶洞口走去，渐渐消失在我的视野中。

一个人游览，再好的风景也会有些索然无味。七月的特奥蒂瓦坎古城，游客并不是很多，这可能与这个季节溽热的气候有关，加上墨西哥城地处高原，空气相对稀薄，站在金字塔塔顶，总有一种呼吸困难的感觉。我忽然觉得，其实眼前光秃秃的乱石铺就的塔顶有什么好看的呢？

我羡慕地看着在塔顶东侧边沿一对半躺半坐、相互依偎的恋人，心想，啊，如果此刻伊塞尔也在，那该有多好啊！我也会把伊塞尔紧紧搂住，热烈地亲吻她，对了，我还要请人把我和伊塞尔站在太阳金字塔塔顶热烈亲吻的画面全部拍下来……

我把玩着手中的相机，沿着塔顶周边慢慢独行，偶尔对着金字塔下不远处的特奥蒂瓦坎古城遗址的某处风景或者比较别致一些的绿化带拍几张照片，哦，也就这样了，我还能怎样？拍几张照片，留作永久的纪念，然后稍作休息，就从这里下去。

　　我是去看其他景观呢？还是就此离开这里？可是墨西哥城甚至整个墨西哥，哪里才是我的快乐地呢？我一边走，一边在心里盘问自己。整个塔顶的游客不足百人，是的，目测的结果就是这样，而且通过肤色和长相，可以看出以东亚人居多，欧洲人次之。

　　好像有一个团队，两个跨国导游各举着一面小旗子，共同组织着这个团队。团队走走停停，我赶上了他们，啊，我听见走在前面的导游小姐居然用旗子指着北面的月亮金字塔，用标准的国语讲解。莫非这个团队是我的同胞？我忽然听见一个有似东北腔音的男生道："导游小姐，我听说太阳金字塔是公的，而月亮金字塔是母的，这事是真的吗？"团队哄然大笑。

　　我正要跟随他们，或者干脆挤进去，近身和"亲人们"攀谈。但就在这时候，一个挎竹篮的墨西哥女生突然横在了面前。这女生的年龄与班班西相仿，那张脸和那双眼都似曾相识，有点飘逸，透着一些诡异，啊，她不正是一直盯着我登上金字塔的那个奇怪女孩吗？

　　她要干什么？我的神经陡然又紧张起来，我试着躲闪她，可她就是不让我过去。

　　女生忽然从竹篮里拿出一顶藤草编织的帽子递向我："先生，你买一顶吧。你看看，今天的天气多热，你的 T 恤都湿透了，你就买一顶吧。"

我这才发现，女生的大竹篮里几乎装满了墨西哥的特色工艺品，斗篷、帽子、小型织毯和挎包等。我犹豫着，不知该不该接过那顶草帽。

女生突然逼近一步，压低声音，改用汉语说道："先生，你是中国人吧？"我一怔，正狐疑是不是因为我登上塔顶时，用汉语喊班班西被她听到了，所以才……女生这时继续说："先生，我看出来了，你来到墨西哥将会有不幸的事情发生，所以，我劝你还是尽早回国的好。"

女生的言行简直把我吓住了，我瞪大眼睛怔怔地凝视她……

六

我没有再理睬那个女生，逃离了她。

她简直就是一个小女巫，居然说我如果再继续逗留在墨西哥，就一定会有不幸发生，说我今天去游览太阳金字塔下的溶洞时，一定会受一点点小伤。听听，这简直是恶毒的诅咒嘛。

我快快地从金字塔上走下来，来到平地上。我掏出裤袋里的手机，准备给班班西打电话，而班班西的电话恰巧在这时打了过来，我接通了他的电话。

班班西说："姐夫，你在哪儿？你下来了吗？"

我告诉班班西："我已经下来了。"

班班西要我快去溶洞口找他，说他已经买好了票。我心里咯噔一下，看来不进溶洞已不大可能。我走向金字塔一侧的溶洞口，看见了班班西，他一条手臂抱着足球，另一条手臂正攘着手机冲我夸张地摇晃，嘴里高声喊着："姐夫，我在这里。"

早就有考古学家发现，太阳金字塔的地基下是个天然的大溶洞，溶洞尽头还有四个密室，密室里存放着许多古代祭祀太阳神的文物，但没有一具棺椁，所以，考古学家借此认定，太阳金字塔肯定是祭祀太阳神的神坛，而绝非埃及金字塔那样的陵寝。

如今，溶洞早已经开放。唉，既来之，则观之吧。本来任何天然溶洞就都值得一观，何况那里还藏匿了许多祭祀太阳神的文物，难道我还真的惧怕那个小女巫的谶语？

我同样扬起手臂摇晃，以回应班班西。我一边急急地向他走去，一边大声说："班班西，姐夫来了。"班班西果真已经买了门票。我还在犹豫着，可班班西却显出很着急的样子，一把拉住我，匆匆地走进溶洞。

进入洞内，才发觉，如果单凭旅游观赏的角度来说，其实金字塔下的溶洞，比之国内的许多溶洞，它无疑逊色了许多，只是因为它的地理位置特别，所谓一荣俱荣罢了。

我一面欣赏，一面和自己以前看过的国内的某些溶洞进行对比。我慢慢地向前走，没有太注意班班西。进到洞内，这小子就放开了我，他一直走在我前面七八米的距离，仿佛他根本没有浏览洞内的任何景致。这不能怪他，他可能已经看过很多遍了。但班班西偶尔有些怪异的举动，却引得我不得不间或向他瞟去，他总是朝前张望，仿佛前面有什么人或什么事情在等待他一样，令这小子焦躁不安。

溶洞内还不如金字塔塔顶，这里的游客更是寥寥无几，而且越往里走越显得寂静，甚至寂静得让人感觉不安，发冷。也就是在我抚摸一支光华如玉的钟乳石的刹那，偶一转身，班班西就不知道跑向哪里了，与此同时，我听到了一声尖利刺耳的怪叫，像是一只受了惊吓的鸟鸣，但无法辨别来自哪个方向。溶洞的壁灯和顶灯均比较黯淡，目力所及，仿佛身处一个魔幻般的城堡。

"班班西——班班西——班班西——"

我一连喊了三声，一声比一声高，但是我的喊声宛若全被凹凸不平的岩壁立刻吸走了一样，声音止歇，深深的黑漆漆的洞内反而变得更加寂静了。我确实已经害怕了，决定不再往前走，什么密室不密室，文物不文物的，干脆出去算了。可是班班西呢，他明明走在我前面的，难道我要把他单独丢在这漆黑阴暗的溶洞里吗？倘若他发生什么不测怎么办？他无法出去怎么办？我如何向伊塞尔交代？如何向她的家人交代？他毕竟还是孩子啊。嗯，我干吗不给他打电话呢？我马上掏出了手机，可是我很快发现，在这深深的洞内根本没有一点点信号。

没办法，只有先出去再说了。

我调头准备往回走，可是我刚刚转过身，就被吓得禁不住啊呀大叫了一声。一个瘦高瘦高的男孩不知啥时竟不声不响地站在我身后，这男孩好生奇怪，瘦得像一根竹竿，两只小眼睛像是用刀子刻出的两道细细的缝。而与之相反，他肩头上居然奇怪地立着一只猴面鹰，猴面鹰的双眼又圆又大，且熠熠生辉。

我了解这种鸟，在我国南方有一种猫头鹰非常近似于仓鸮，那就是草鸮。草鸮的脸型很像猴子，因此很多人都管叫它猴面鹰。草鸮经常出没于坟场墓地，飞行时飘忽不定。其实猫头鹰也好，猴面鹰也罢，总之它们都属于鸟纲，鸮形目，科鸟类统称。只是鸮形目在我国古代被看成是一种邪恶的化身，属于不吉祥的范畴。但在古希腊神话中，它却是一种爱鸟，据说古希腊人对它们非常崇拜，认为它们是智慧的象征。

我正胡思乱想那只鸟的时候，没料到那只鸟突然厉叫一声，展开翅膀扑扑棱棱冲我飞过来。我躲闪不及，被它一下抓到手臂上，我猛挥手臂，欲击打那只可恶的鸟。但这只鸟明显受过训练，动作何等迅捷，耳轮中只听得那瘦高男孩一声呼哨，于是人和鸟便飞也似的逃离了现场。

我的手臂上慢慢流出了一道血迹。

啊！那小女巫的谶语……

我忍着伤痛赶到洞外，洞外的情景简直更令我吃惊，班班西居然就站在溶洞口。

他什么时间出来的？从哪里绕出来的？为什么不提前跟我吱一声？但心里种种的疑惑和责怪，全被立刻迎上来的班班西的无比关切冲到了一边。班班西一下子拉住我受伤的手臂，急切地说："姐夫，你怎么了？怎么流血了？"

班班西一面问候着，一面摸索着从口袋里掏出创可贴，细致而娴熟地替我包贴起来。班班西继续说："姐夫，你听到有声鸟叫了吗？你听到我喊你了吗？唉，都怪我，没有照顾好你，以前就听说过的，说太阳金字塔下的溶洞里，有猫头鹰一类的鸟，会伤人的。"

他一个劲儿地自责，我也不好意思再去责问他。

不过有一点，我确实没有听到班班西喊我。难道他真的喊我了吗？

看着一个十几岁的孩子真诚关怀的神情，我现在根本记不清当时的所有细节，也许他真的喊过吧，但这些似乎都不重要了，重要的是我要记住班班西的再三叮嘱，让我千万不要把此事透露给伊塞尔，否则他姐姐会严厉训斥他。

七

这天下午，伊塞尔提前回家了，比往日早了很多，似乎是专门来等我的，依稀她知道我们在金字塔的所有事，知道我进过金字塔下的溶洞，知道我被一只猴面鹰抓伤。

我根本没有告诉过她。班班西会告诉她吗？应该不会的，如果班班西告诉她，我怎么会不知道呢，一路上我们一直在一起的，而且一进家，我亲爱的"白娘子"就直接把我迎到她的房间里，班班西是无论如何都没有时间的。难道伊塞尔真的具有"白娘子"的本事？真的能掐会算？

我问伊塞尔："你是怎么知道我被猴面鹰抓伤的？"

伊塞尔故作神秘地说："我的傻许仙，我是白娘子啊。许仙的什么事，白娘子还能不清楚吗？"

伊塞尔这天突然温柔得如一潭碧水，我来到墨西哥城差不多十天了，这还是第一次，她把卧室的门反锁起来，一下子把我拉进她的温柔乡。她命令我躺倒床上，命令我什么都不许想，然后脱掉我的鞋子，就开始给我做中式的足底按摩。我有些难为情，用力躲闪脚，我说跑一天了，脚可能有些臭……

　　伊塞尔娇嗔地冲我嘘了一声，她的左耳又开始跳拉丁牛仔舞了，她轻轻捋了一下沿着左耳穿过的金发，笃笃地望着我，柔柔地管我叫许仙，她说，她喜欢许仙，爱许仙，爱许仙的一切，当然也包括许仙的臭脚。说着，她还伏到我脚上抽鼻嗅了嗅，她说："不臭啊，一点都闻不出臭啊。"接着，她又开始揉捏我的双腿，酸痛的腿被她一捏感觉舒适极了。

　　记忆中这是伊塞尔第二次给我按摩，第一次是在西湖杨公堤的一只黄色布篷的小船上。那是二〇〇六年秋季的某个周日下午，从午后大约两点，一直到晚上八点，我们整整划了半天的船，我们把小船划进夜幕下的一片松林旁，借着密林的掩护，我们的爱浪拍碎了寂静的湖水，惊扰了即将入睡的杨公堤。在那里，伊塞尔就给我做了一次很专业的中式按摩。

　　此刻，我看着伊塞尔的双掌在我腿上有节奏均匀地扣响，仿佛杨公堤的那个美妙夜晚又重现眼前，我再也无法抑制内心的爱意，噌地一下子坐起来，猛地抓住她的双手。可是门外突然传来她奶奶的叫声。

"伊塞尔，伊塞尔，吃晚饭了。"

我们没有在家吃晚饭，伊塞尔偷偷拉着我溜出了家门，时间是下午不到六点，伊塞尔说这个时间，她母亲根本还没有做好晚饭，完全是她奶奶在盯着她，盯着我们。

伊塞尔把我拉进她的红色本田车。我不知道伊塞尔要带我去哪里，但到了此刻，我已经深信伊塞尔仍然像以前那样爱我，一定是我们的爱情遇到了许多麻烦，这是很自然的事情。她在地球的这面，而我在地球的那面，两国的文化存在着迥然的差异。我能做些什么呢？我好像什么都不能做，只能眼睁睁地看着伊塞尔一个人去面对，去克服所有的困难。

伊塞尔这天似乎特别开心。夕阳已经被幢幢的高楼所淹没，正值下班的高峰，改革大街上的车辆如同闹了蝗灾的蝗虫，伊塞尔的车子也就是没长蝗虫那样的两条长腿，否则她准让她的车蹦起来，蹦到其他车辆的身上，或者干脆跃过去。

伊塞尔的车技我早已经领教过，她跟我说过，她不是男孩，否则说什么也要做一个出色的赛车手。

华灯初上，我们赶到了宪法广场，这是墨西哥城的中心广场，类似于北京的天安门广场。我看见了广场正中央每天要举行升降旗仪式的那根粗大的旗杆，看见了广场周围的国家宫、市政大厦、博物馆、殖民时期的大教堂、阿兹特克人的大祭坛、以乳白色为主体的外交部大楼以及各式各样的建筑。

伊塞尔告诉我，只要仔细品味宪法广场，就可以完全领略到墨西哥城六百多年来的沧桑巨变。难道伊塞尔是要带我欣赏宪法广场的夜景吗？我问伊塞尔，伊塞尔立刻摇了摇头，她的左耳又跳起舞来，她说不，即便要欣赏，也不会是现在。因为她知道我现在根本没有一点心情欣赏什么广场夜景。

伊塞尔真的要成了白娘子了。

我们的车缓缓地从宪法广场的边道穿过。我对伊塞尔说："伊塞尔，我想尽快出去找份工作。"伊塞尔冲我笑了笑，说："嗯，这我知道。另外我还知道，你现在非常着急，想离开我家，想搬到外面去住，想去打工，哪怕是一家超市的上架员或随便一家小餐馆的清洁工，你什么都愿意干。你甚至开始怀疑，我是不是已经变心了，对吧？"

伊塞尔简直要把我吓着了，我现在的全部心事她都能猜透，不，不仅是现在，从我们相识到成为恋人，整整三年多的时间，我每时每刻的心事她几乎都能猜透。她如果不是白娘子，就一定做过我腹中的蛔虫。

伊塞尔继续说道："许仙，你是我可爱的好许仙耶，堂堂的杭大经济学硕士，我怎么会舍得叫你去干那种粗重的工作呢？呵呵呵，放心吧，我的亲亲蛋的许公子，最多还需要一周时间，我们的事情就全部能够得到解决了。"

伊塞尔的左耳不停地跳舞。

她居然把车直接开进了一家厂院，还开到了职工餐厅门口！这是一家规模中等的工厂，好像是专门生产办公器材的。厂门口的保安似乎对伊塞尔的车很熟悉，车一到门口，保安竟露着一脸谄媚的笑，并点头哈腰地跑过来。

莫非这是她父亲的工厂？

伊塞尔向我提起过，说她老爹是一家工厂的老板，但她没有说过那是一家怎样的企业。

车开到餐厅门口戛然而止，时间刚好是傍晚六时四十分。我忽然看见了伊塞尔的父亲，她老爹正笑逐颜开地迎在餐厅门口，身后站着几个随从，一看便知应该是厂里的骨干。我已经傻了，依旧愣愣地坐在车内。伊塞尔这时猛地拍了一下我的肩头，她说："傻许仙，还不赶快下车？今晚你岳父大人专门请你。"我怯怯地由车里钻出来，她老爹一改往日的冷面，简直换了一个人，立刻冲我迎过来，十分热情地一下抓住我的手，他吩咐身后的一个人："去，赶快叫我们的厨房师傅上菜……"

八

这是我来到墨西哥最愉快的一个夜晚。

这个夜晚天公也相当作美，连日来深邃的夜空第一次缀满了亮晶晶的星斗。静谧的别墅群里，错落有致的草坪灯与夜空中的星斗遥相辉映，我也是第一次感到这里的生活是如此惬意。

我站在别墅顶层自己临时房间的小窗前，欣赏小区的夜景。我知道"白娘子"就在楼下，和我的房间相对，我是多么渴望她能上来啊，但我连电话都不能给她打，也不能发信息，因为她奶奶像往日那样一直在她的房间。她们的谈话从她的小窗飘出来，飘进我的窗口。

她奶奶还在苦口婆心地劝慰她。

她奶奶说："我有三个儿子，没有女儿，只有你一个孙女，你可千万不要嫁到中国呀。中国是什么样的地方？那里太遥远了呀，好像都不在地球上；那里也太落后了呀，你看那里男人的打扮，身穿长袍子，脑后编着长长的大辫子，骑在高头大马上，真的无法想象他们吃什么。当初你选择去那里留学，我和你爷爷就反对。可是我们反对的时候，你已经在出发的路上了。不过，这一次，我们说什么也不能再由得你胡来了。”

伊塞尔一直嘻嘻地笑。

伊塞尔的不言语显然急坏了奶奶。老太太提高了声调："我的宝贝孙女，你听见奶奶的话了吗？"

伊塞尔终于说话了，她的声调也挺高，仿佛是在说给我听。"奶奶，你的宝贝孙女都听见了，请你和爷爷都放心吧，我怎么会嫁到中国呢？我不会离开墨西哥城的，我就嫁给恰帕托副总编，你们不是都很喜欢他吗？"

这回轮到她奶奶笑了，老太太嘿嘿的笑声从一个老人的心底里发出来，甜丝丝的，听上去就像一个得到某种满足的小孩子。老太太最后说："嗯，乖孙女，这样才是奶奶的好孙女，不过……不过……"老太太的声调突然压得很低，似乎欲言又止。

我把头探到窗外，她蚊子一样的声音一字不落地传进我耳朵。"不过，你可不许偷偷上去呀。"我能想象老太太说这话的时候，多半用手指指了指房顶。

伊塞尔突然嗲嗲地撒起娇来："奶奶——我都听你的！还不行吗？"

老太太终于喜悦地走向了门口。

我用手掌轻轻拍击窗口外的墙壁，我估计伊塞尔能听到。果然伊塞尔很快也把头探到窗外，她歪着头，左耳朝上，光线有些黯淡，但我能清晰看见她左耳的拉丁牛仔舞跳得非常夸张。我对伊塞尔做了一个亲吻的动作，我问伊塞尔：“娘子，你为什么要欺骗老太太啊？”伊塞尔冲我挤了一下左眼睛，说：“我没有欺骗她呀，我在欺骗你呀。”

　　“欺骗我？”

　　“就是啊。”

　　“那你果真要嫁给恰帕托了？”

　　“当然了，不嫁给她嫁给谁，难道还真嫁给你吗？”

　　“那你为什么非要给自己起名白娘子？”

　　“起白娘子怎么了？”

　　“白娘子只属于许仙！”

　　“可我这个白娘子就偏偏不属于许仙。许仙有什么好，那么呆，那么愚钝，又那么笨，一点都不解风情。”

　　“你敢说我不解风情？”

　　“嗯，就说你，就说你，你就是不解风情嘛。”

　　“我什么时候不解风情了？”

　　“就现在，现在你就不解风情。”

　　“那好，我现在就要别有一番风情让你看看。”

我噌地一下跃上窗台，坐到窗台上，两手扳住窗框，顺下双腿，就要往下溜去。

伊塞尔吓得赶紧冲我摆动双掌，嘴里急着说："不要，不要，我的傻许仙，你不要动啊。"

我看着她，她忽然学着赵雅芝所饰演的白娘子的样子，将两根食指分别摁拄自己左右两侧的太阳穴，口中念念有词。然后又将两根食指，放到自己胸前，快速地旋转数圈，最后猛地一指，大声说道："定！"

我还真的立刻就定住了。

不过，我不是被伊塞尔定住的，是被身后突如其来的敲门声定住的。

这么晚了，是谁来敲我的门？

伊塞尔也听到了我这里的敲门声，赶紧缩回脑袋。

我愣了愣，敲门声再次响起来，我也赶紧退到房间，平稳了一下呼吸，走向门口，对着门轻声询问："谁呀？"

"是我，姐夫，你开开门。"

原来是班班西这坏小子。

班班西就住在我隔壁。我看了一下时间，都十一点多了，他这会儿来我的房间有什么事？不过他来也好，我正想看看他葫芦里装得究竟是什么药。我打开门。

班班西神神秘秘的，都到这会儿了，怀里还抱着那个足球，想必他睡觉的时候，恐怕也离不开足球。班班西走向窗口，纱窗我竟然忘记了关上，班班西学着我刚才的样子，把脑袋探到窗外，他向下看了看，又缩回来，同时关上纱窗和玻璃窗，转过身，用一种非常促狭的眼光上上下下打量我。我被他看得有些发毛，不知这小子要捣什么鬼，我猜测他一定有话要说，而且不想让他姐姐听到。果然他一本正经地说："好哇，姐夫，你竟敢调戏我姐姐，我去告诉我奶奶，我奶奶也许会把你轰出家，你信不信？"

没想到，这小子居然一直在监视我。

我立刻装出很害怕的样子，央求班班西，我说："别，好弟弟，你千万别。"

班班西似乎早有所料，料定我会恐慌，料定我会央求他，或者好像一切都和他预先想象的一样，他满意地点了点头，嘻嘻地笑了起来，像大人哄小孩似的，走近我，拍拍我肩头："姐夫，真害怕了？别害怕，我是和你逗着玩的，我哪能那么做？我已经跟你说过了，只认你一个人做姐夫，而且是永远管你叫姐夫。"

我装作非常感激地看着他。

班班西忽然话锋一转："不过嘛……哦，对了，姐夫，你是不是觉得我姐姐很喜欢你，也很爱你？"

我不做任何表态，只听他继续说："姐夫，你千万别有那种感觉。我告诉你吧，你还不了解我们墨西哥女郎，墨西哥女郎个个都很浪漫的，就拿我姐姐来说罢，也许她真的很爱你，但是她也一样会非常喜欢恰帕托，何况恰帕托那么有才，而且他的身份和社会地位又远胜于你，也许姐夫你心里可能不服气，但起码目前远胜于你吧？更可怕的是，他已经为了我姐姐离了婚啊，他正在利用一切手段追求我姐姐啊。对了，我姐姐没跟你说吧，她这几天一直都在《改革报》社，一直和恰帕托在一起，你信不？"

我的思想真的开始有些动摇了。

九

是的，也许伊塞尔真的还爱我，但这并不能完全否定她也喜欢恰帕托。虽说她在欺骗她奶奶，但欺骗者的谎言，有时候往往就是一个人内心世界的真实写照。

不可否认，恰帕托的确是一个相当有头脑的家伙，与之相比，我简直就是一个不谙世事的毛孩子；而且，不难想象，恰帕托的经济条件一定相当宽裕。而我，只是杭州一个普通小市民家的孩子，样样条件都不及恰帕托。我唯一可以与之抗衡的，也只就剩下了我的名字了。但谁敢保证伊塞尔永远不弃用"白娘子"？就算不弃用，也完全可能像她自己所说，"白娘子"就一定属于许仙吗？何况我根本不是那个许仙，而她也不是那个"白娘子"。

不过，有一个问题我似乎更应该相信伊塞尔，那就是来自她父亲的突然转变。起初，我以为是他父亲根本没看上我，哪知道其实是他对中国存在着许多偏见。再加上他的企业在中国制造业的冲击下，一年比一年衰落，甚至就在我和伊塞尔来到墨西哥城的当天，就接连又有两家办公用品专卖超市通知他们，以后将不再从他们工厂签货。那一刻，伊塞尔父亲简直恨死了中国的制造商，也因此连带着极其讨厌中国人。

伊塞尔的父亲很感激自己的女儿，他说是伊塞尔对他的开导，才有了他对中国的理性思考，他必须看到自己企业发展中的不足，而不应该一味地去责怪中国。中国的发展趋势必然势不可挡，而他要做的，是必须要制定适当的发展战略方向，抓住机遇，做出改变，从与中国的合作中获得更多的实际利益。伊塞尔的父亲最后还真诚地邀请我加入他的门下，并希望我认真考虑。

嗯，我应该相信伊塞尔对我的专一。

那么，班班西呢，他为什么总捣鬼？

班班西越来越不简单，开始，我只是认为这个孩子特别爱开玩笑，喜欢缠着别人，然而到了今晚，我彻底改变了对他的看法，班班西要远比我想象的复杂得多，他居然拿出两份事先起草好的协议书让我填写。虽然，在我看来，协议书中要求我所履行的承诺只是一件微不足道的小事——让我帮他购买二〇〇八年北京奥运会他所选中的足球场次的门票，并届时无条件充当他们的向导，但这行为足以说明这孩子工于心计。

难道他处处帮我，承诺为我提供他姐姐的行踪，提供恰帕托追求伊塞尔的进展情况，提供他父母和他爷爷奶奶私下里的谈话内容以及他们每个人的态度，就是为了让我完成一件那样简单的小事吗？即便他不那么做，他只要求我，或者干脆吩咐我，我作为他姐夫，哪怕最终我没有成为他的姐夫，我也会欣然地去帮助他啊。

是来自他父亲平时行为的影响吗？好像也不那么简单。他为什么总在我面前渲染恰帕托追求伊塞尔的事情？而且多少有些夸张的嫌疑。为什么每个场次要买三张门票？显然不可能是他家里其他人的。隐约间，我觉得他恐怕还在做着其他事情。可是，那究竟是些什么事情呢？

黎明在我意识渐渐模糊的时候到来了。

我好像睡着了，其实也就是一刹那，我做了个梦，梦见伊塞尔真的成了"白娘子"，她脚踩黑云飘浮在半空中，不停地挥动手臂，她在做法，像水淹金山寺一样，太平洋的水哗哗地涌过来，不过不是涌向金山寺，而是涌向她家的别墅，眼看着水面就快要逼近三层了，我忽然看见班班西惊恐万状地骑在窗口。班班西一面掌拍窗框，一面高声求他姐姐："姐姐——不要啊——不要啊——"他忽然也看到了我。我像昨晚一样正把头探到窗外，幸灾乐祸地瞅着他，我的窗前则奇迹般没有一滴水。

　　班班西马上喊我："姐夫——快帮我制止她——制止她呀——姐夫——嘭嘭嘭，嘭嘭嘭，姐夫——"拍击声一阵紧似一阵。

　　我终于醒过来，啊，原来是班班西正在敲我的门。我昏昏沉沉的，一面应着班班西，一面由床上爬起来。我打开门，班班西兴致勃勃地冲进来。班班西说："姐夫，快准备准备，今天我带你去阿卡普尔科，我们去那里看悬崖跳水。"

　　阿卡普尔科的悬崖跳水可是最为精彩、刺激的旅游景点了，以前我就听伊塞尔说过，它位于阿卡普尔科湾西边的"拉克夫拉达"，据说是世界一绝。

　　"拉克夫拉达"在西班牙语中是"峡谷"的意思，两座对峙的嶙峋峭壁，呈U形矗立在海边，悬崖之间只有一条狭长的海沟，最窄处仅有五六米，最宽处也不过十米，潮水涨到最高点时水深四米，海浪拍击着绝壁和附近的礁石，冲向峡谷，回旋水流又从峡谷中冲出，发出雷鸣般的轰响。

七月应该正是阿卡普尔科的旅游旺季，每天要有五场悬崖跳水表演，据说最壮观刺激的是晚上十点以后进行的最后一场表演。看台上挤满来自世界各地的游客，离拉克夫拉达不远的海面上浮动着旅游部门安排的游艇，游客也可以从海上赶到那里观看跳水表演。

海螺声起，几个皮肤黝黑的青年手持火把，一边挥手向观众致意，一边沿着看台的台阶向下走，他们翻过护栏，跃入峡谷的海沟，奋力划向对岸。然后沿着对面陡峭山崖上隆起的岩石向上攀登，停在不同高度，再先后跳下。

他们个个身怀绝技，表演单人和双人前滚翻三百六十度等动作。最后一名青年双手举起火把从三十五米高的悬崖绝壁上展开双臂飞身跃出，在空中的瞬间如同展翅飞翔的海燕，火把划出一道光亮优美的弧线，落入崖底的激流中。

……

一想到这里，我的困倦一扫而光。

又是伊塞尔安排的吧？干吗不提前告诉我呢？想给我惊喜？伊塞尔就是这样，总是喜欢给人制造惊喜。不过，老实说，这对目前的我来说算不上多大的惊喜，我来墨西哥并非是出来游玩，我想先找份比较理想的工作。作为一个男儿，不能总寄人篱下，否则，连我自己都要瞧不起自己了。

伊塞尔父亲的工厂我不想去，起码暂时不想去，虽然和我的专业有些对口。原因嘛，很简单，我不想落下"攀龙附凤"的嫌疑。

我在班班西的不断催促下，磨磨蹭蹭地走进洗漱间。不想，我的手机这时突然响起来。是谁给我打电话呢？我在墨西哥除了伊塞尔一家人，再没有任何亲人或朋友。难道是伊塞尔或她的父亲？我赶忙从洗漱间里跑回自己的房间，手机还在不停地响，是个陌生号码，我接通了电话。

"喂，你好！是许先生吗？"

是个女人，声音听上去似曾相识。是谁呢？我在墨西哥城只有情敌恰帕托的同事咚瓦瓦。噢，对，就是那个咚瓦瓦，咚编辑，《改革报》的社长助理。

我马上大声回应："你好！咚助理，我是许仙。"

"许先生，打搅你了！是这样，我们社长要见你，想跟你谈谈。请问，你今天上午有时间吗？"

"有，有。"

"那好，就请安排一下，上午九点钟，准时来我们社长办公室。"

"好的，好的。"

"祝许先生好运，我们待会见！"

"谢谢！一定！"

我挂断电话。转身时发现，伊塞尔居然不声不响地立在我身后，她的左耳跳得异常厉害，两只大眼睛神秘秘地忽闪着说："我的许大相公，需要娘子帮忙了吧？"

我愕然了几秒钟："啊？哦，需要！需要！"

十

《开发报》社长约见我，为什么？不用问，显然是"白娘子"伊塞尔所为。但我还是忍不住问了，我先是定定地看着伊塞尔，想在她脸上寻找出些端倪？可我什么都看不出，伊塞尔突然间变得如同一个天真烂漫的小孩子，完全把她成竹在胸的东西掩藏了起来。我只好央求说："好娘子，告诉我好不好，那个社长约我究竟什么事？"

伊塞尔不说话，居然唱开了布仁巴雅尔的《吉祥三宝》，她学着小姑娘的神态和腔调，唱过几句，突然扑向我，在我腮颊上轻吻了一下，跑出了房间，又忽然停下，回过头来，冲我莞尔一笑，学着京剧

《白蛇传》的道白："相公，娘子现在到车里恭候你了——"

伊塞尔学着台步消失在楼梯口。

我赶忙重新来到洗漱间。

我还不知道那个社长是男是女，但肯定是个见多识广、博学多才的长者。我要尽量把自己打理得帅气一些，要在他面前完全展现出一个当代中国硕士毕业生精明干练的风貌。我第一次穿上了从老家杭州买的乳白色的西裤、酱紫色的皮凉鞋和墨绿色的蚕丝T恤。

站在穿衣镜前，我忽然发觉，其实我原本也是一个很帅气的青年，我的形象绝不亚于那个恰帕托。我的目的其实很简单，就是不能给我的"白娘子"伊塞尔丢脸。

嗯，我已经打定主意了，不管那个社长要跟我谈什么，我要"喧宾夺主"，主动把话题扯到我的专业上来，跟他谈经济，谈发展，而且主要谈我们中国改革开放三十年来的经济浪潮和如今所取得的重大成就；再有，如果他不反感的话，我也可以和他谈些我们中国丰富多彩的传统文化。想到此，我忽然间对自己信心倍增，忽然对赴约踌躇满志，我也像伊塞尔一样自言自语地学了一句京剧《白蛇传》的道白："娘子，请不要焦急，我这就来了——"

我脚步轻盈地走出房间。

走到楼梯口，猛然想起来，我应该和班班西打个招呼，人家热情地要带我去阿卡普尔科看悬崖跳水，而且现在看来今天绝不是伊塞尔的安排，我怎么能辜负人家的一片盛情呢？

我踱步回来，走向班班西的门口，举起手，正准备敲门，忽然听到班班西正在与谁说话，我犹豫着，不知该不该打断他，只听他说："我告诉你呀，今天许仙不去阿卡普尔科……他要去你们报社……这你不能怪我没履行承诺……是你们社长要见他。"

他在通电话。

与谁通电话？分明是在汇报我的情况，啊！显然是恰帕托！怎么，这小子也跟恰帕托签了一份协议吗？我轰地一下什么都明白了，班班西一面忽悠我，一面忽悠恰帕托，他要从两个共同爱他姐姐的人身上索取利益。我自然感激他，心甘情愿地替他办事；而恰帕托呢，嗯，差不多应该是钱，他一定是要从恰帕托那里索取预先商定好的酬劳。看样子，去阿卡普尔科看悬崖跳水，像是恰帕托的主意，也许费用都是由他来出也说不定，他为什么要这么做？很明显是要调开我，好让他有更多的机会接近伊塞尔。那么金字塔的事呢？那好像确实是伊塞尔安排的，但现在想来，恰帕托也一定了解详情。噢，对了，伊塞尔一定是无意间听到了班班西向恰帕托的电话汇报，才得知我在太阳金字塔的情况。

唉！这个坏小子简直……

我和伊塞尔母亲以及她爷爷、奶奶分别打过招呼,匆匆走出别墅。

伊塞尔果然已等在车中。

我的新装令伊塞尔眼前一亮,待我钻进车内,她兴奋得顾不得其他人的目光,嚯地扑向我,我们来了一次长长的激烈的亲吻,直到都快要喘不过气来。

这个早晨我们互喂了一次早餐。

早晨八时四十五分,我们准时赶到《改革报》大厦。

这是一座宏伟壮丽、形状奇特的建筑,坐落于墨西哥城中心。墨西哥城的许多出版机构都设立在这座大厦里。《改革报》在第三十八层。

我没有再进一步逼问伊塞尔,我知道,既然她不打算告诉我社长约见我的原因,自然有她的道理,事到如今,我还有什么不相信伊塞尔的呢?

伊塞尔把车停在大厦前的广场上,我们手挽着手,像一对任何外力都无法拆散的亲密恋人,一起走进富丽堂皇的大厦正厅。

我突然发现了咚瓦瓦,还有那个恰帕托,这两个人居然已经候在大厅一侧的休闲沙发上,面向大厅的门口。

看到我们,他们立刻站起来,一面亲切地挥手,一面热情地迎过来。咚瓦瓦率先握住我的手,口中寒暄着:"欢迎!欢迎!"

接着是恰帕托,他也非常自然友好地握住我的手,仿佛与我、伊塞尔，还有班班西之间从来不曾发生过任何事。恰帕托居然还奇怪地用比较生硬的汉语邀请我，他祝愿我们今后合作愉快，希望我们能成为永远的好朋友，他今天中午准备做东，咚瓦瓦作陪，希望我们无论如何都要赏光。

说得我真是丈二和尚摸不着头脑。

这到底怎么了？伊塞尔究竟做了些什么？

我用问询的目光看伊塞尔。

伊塞尔只是神秘地微笑。

十一

一切都出乎我的意料，社长居然那么年轻，居然是咚瓦瓦的老公。

还有令我更愕然的，社长约我来其实是想跟我谈谈我和伊塞尔的工作，社长说他很钦佩伊塞尔，欣赏她的远大抱负。本来我作为杭州大学的经济学硕士毕业生，如果加入伊塞尔父亲的企业，就一定会给他的家族企业带来巨大的转变，但伊塞尔宁可舍弃小家，也要先考虑国家。

他说："墨西哥作为拉美最大的发展中国家，又毗邻世界最发达的美国，享有与其签订的自由贸易协定的便利，但墨西哥近几年的经济增长却相当迟缓，除了石油价格不断攀升对经济的刺激之外，墨西哥似乎失去了增长的动力。而伊塞尔的理想抱负正好和《改革报》当前发展的主旨不谋而合，即通过《改革报》这个媒体平台，来引导墨西哥学界，乃至全国的制造业，让人们对中国能有一个理性的思考，让墨西哥政府日益认识到与中国展开多领域合作的重要性。"

用伊塞尔的话来说，她要做整个墨西哥的"白娘子"喽！《改革报》已经决定招聘我和伊塞尔，作为报社的驻华记者前往北京工作，试用期是一年，希望我能够接受。

我当然愿意接受。

走出社长室，我热烈地拥吻了伊塞尔。

这顿午餐的龙舌兰酒，显得格外香甜。

饭后，伊塞尔带着我游览整个墨西哥城。

墨西哥城南北略长，东西稍窄，群山环绕，大大小小的花园、众多的广场、纪念碑雕像，镶嵌在城市各处，景色秀丽。

我跟伊塞尔商量，我说："我想去看阿卡普尔科晚间十点多钟的悬崖跳水。"

伊塞尔娇嗔地说："嗯——不行。"

我说：“我想租一艘小游艇，在‘拉克夫拉达’不远的海面上，就像在杭州西湖的杨公堤那样。”

　　伊塞尔仍然说：“嗯——不行。”

　　我急着问她：“为什么？”

　　伊塞尔回答：“还有爷爷和奶奶的问题没有解决。”

　　噢，是的，我竟然给忘记了，家里还有两个非常固执的老人。但想必对于解决他们的问题，伊塞尔早已经胸有成竹。

　　夕阳西下，轿车驶回了起义者大街。

　　我又问伊塞尔：“娘子，我们现在去干什么，回家吗？”

　　她说：“对，回家，回家接爷爷和奶奶，逛墨西哥城的中国的大型超市。”

　　“然后呢？”

　　“然后我们请他们到一家中国的酒店共用晚餐。”

　　“再然后呢？”

　　“再然后，我们一起去墨西哥大剧院。”

　　“去那里干什么？看电影吗？”

　　“不，不是看电影，那里正在上演走近中国大型歌舞晚会。”

　　嗯，真的不错，我的伊塞尔真的不愧为“白娘子”，这样的安排可谓无懈可击，相信经过今晚的一切，伊塞尔的爷爷、奶奶再也不至于继续认为如今的中国人上街还要骑着高头大马。

但是，还有一个班班西呢，这个滑头小子……似乎……我正思考班班西的时候，竟忽然看到了班班西。啊！还有两个比较熟悉的身影，一个似乎是那个在太阳金字塔下溶洞里的瘦高瘦高的男孩，而另一个则是金字塔塔顶那个神秘的卖货小女巫。

我惊愕得禁不住啊了一声。

三个人混杂在十几个孩子里，这里是离伊塞尔家不远处的一个路边小广场，一群孩子正在那里兴高采烈地踢足球，那个瘦高男孩充当着班班西一方的门将，而那个小女巫则站在他们假定的球门后，负责截住踢过来的皮球。女孩的肩头上居然立着一只鸟，啊，它也许就是抓伤我的那只猴面鹰吧。

伊塞尔也发现了班班西，伊塞尔放慢了车速。

"啊，我看清了，那只鸟就是一只猴面鹰！"

伊塞尔突然停下了车子，她下了车，朝小广场快步走去，我高声叮嘱伊塞尔："嗨，娘子，你不要批评他呀。"

伊塞尔回过头，冲我微笑着挤了一下左眼睛，她开始喊叫："班班西，班班西，班班西！"

我看见班班西先是愣了一下，接着，很快把脚下的足球传给了同伴，他朝伊塞尔飞快地跑了过去。由于距离稍远，我听不见姐弟俩在说些什么，但我能猜测，他们的谈话内容肯定与我有关，因为班班西在不住地把脑袋转向路边的红色本田车，他还向车子挥动了三次手。

不多时，伊塞尔匆匆地返回来，待伊塞尔刚刚要接近车子的时候，我看见班班西忽然率领着小女巫和那个瘦高男孩，拼命地朝我们的车子追过来，三个孩子异口同声地喊着："姐夫——姐夫——等等我们——我们三个要跟你去北京——"

爱在加蓬

一

我突然冒出个想法，打算不辞而别，离开穆伊拉，离开加蓬，离开我仍然深爱的"老公"嘉墨比，而且永远都不再回来了。讲不出具体的缘由，总之在这个季节，我的心情越来越糟糕，一直很复杂，我想念祖国，惦记着北京奥运会，思念着杭州的父母、亲人和朋友，无法抑制地渴望重新回到祖国的怀抱！

嘉墨比当然脱不了干系，这个杭州大学的黑人留学生，把一个土生土长的江南女子"骗"到手，又把她万里迢迢"拐"到加蓬，"拐"到穆伊拉的乡下，把她扔在完全生疏的潮湿的木质房子里，然后似乎根本不顾是否要和她正式走进教堂，举行宗教仪式，就消失在利伯维尔，仅每天给她打几个简短的电话，就算了事了。

不过，我相信嘉墨比还爱我，而且深深地爱着。但我不敢确定这个身为加蓬芳族、口中经常秀着中国话的大男孩，他爱不爱与他同族的绝对美女迈塞勒？我这样说，是因为我在那个同样是黑人的女孩面前完全没有了一点自信。我应该算是个美女，自古就有苏杭出美女的谚语嘛，但与她相比，我无疑逊色了很多。迈塞勒根本就不像他们芳族的绝大多数女孩——芳族人几乎个个矮小，她们皮肤黝黑，腿短，胸宽，鼻子扁平，唇厚，大脑袋……但迈塞勒却身体修长，高胸、细腰、翘臀，且皮肤细腻如同油脂，大眼睛忽闪着，长睫毛曲翘着，厚嘴唇翻开着，三七分的无数条小辫子活泼俏丽。

更让我每天忧心忡忡的是，虽然嘉墨比总是不在家，但迈塞勒仍然十分固执地坚持着每天都来找他。她还非常坦诚地跟我讲，她们加蓬共有大约一百五十万人口，分两大种族，即俾格米人和班图人，而她们芳族则属于后者。加蓬处在传统婚姻与现代婚姻并存的阶段，农村大部分为传统婚姻，只有城市才盛行现代婚姻，如今农村大部分部族依然实行着一夫多妻制，所以，嘉墨比和我结婚不会影响她将来成为他的第二个老婆。我当然听不懂芳族人的全部芳语，可迈塞勒在表达她对嘉墨比无限爱慕的时候，更多采用的居然是我们汉语，从哪里学来的？当然是嘉墨比！

嘉墨比在穆伊拉乡下，甚至穆伊拉整个地区，都是人们所熟知的。他是这一地区的名人，留学中国，学的是汉语言文学，所以没人觉得他神经质，反而个个都很崇拜他。穆伊拉拥有近十万人口，这在加蓬共和国除了首都利伯维尔，就算比较大的城市。整个加蓬地广人稀，每平方公里的人口数量不足四人，百分之八十五的土地被一种叫作奥库梅树的植物所覆盖。如果乘坐飞机时，倚靠舷窗，透过云隙向下张望，加蓬的城市、小镇及乡村，全都淹没在浩瀚的绿色海洋里，所以加蓬赋有"绿金之国"的美誉。

嘉墨比深爱自己的国家，但他更喜欢中国的文化，他还参加过央视的二〇〇七年"星光大道"呢，虽然没取得特别好的成绩，甚至都没能进得了周冠军。但正是从那个时候起，这个吸人眼球的黑人留学生才正式进入我的视野，作为杭州大学的同学，也许正是从支持他那一刻开始，我由最初对他的仰慕，渐渐产生了喜欢，而最终一发不可收拾地演变成了爱慕。嘉墨比曾经向我表白，他要把中国的文化带回加蓬，要把中国五千年的文明介绍给加蓬人民……但是两三个月过去了，这个属于穆伊拉乡下凤毛麟角一样少的富家子弟，他都做了些什么？在我看来，还不是整天游手好闲？

我曾经在电话里以及当面都问过嘉墨比，我说："你一直待在利伯维尔，是在寻找工作吗？"

嘉墨比一直都是嘿嘿地笑，他说："也是，也不是。"

我又继续问他："什么叫也是也不是？"

他就显出一副讳莫如深的样子，然后十分严肃地对我讲："我的宝贝儿，你不用急，不用急，就快了，就快了。"

我有些失望，于是沉了脸，质问他："就快了指什么？"

他就一歪头，佯装嗔怒地训斥我："你怎么老是打破砂锅问到底呀？"

接下来是瞬间的沉默，嘉墨比很会察言观色，他不允许我们之间产生不愉快的沉默，他这时准会一把把我拉过去，揽到他的怀中，亲亲我的耳朵、发迹、额头、眼睛……一边亲，一边百般柔情地对我说："宝贝儿，真的快了，不需要多少时日了，你就能看到了。届时，你会满意得美到天上去的！"

我坏坏地猜想，他是不是对迈塞勒也有过这样的柔情呢？

迈塞勒问过我同样的问题，就是我追问嘉墨比的问题，她忽闪着会放电的大眼睛，随时捕捉着我眼神的变化："姐姐（她管我叫姐姐？这分明已经将自己看成了嘉墨比的二房！），你知道嘉墨比老待在利伯维尔在干什么吗？"

我就用手比画着骗她，我反问她："难道你不知道吗？他是烦你，在躲你呀。"

她不信，这小姑娘鬼精鬼精的，不愧为部族酋长的女儿。而往往在这小妮子认为已窥破我心计的时候，她本来就外翻的厚嘴唇，定会更加有力地往外翻一下，接着，她会习惯地伸出右手食指，在我面前轻轻摆动，十分诚恳地批评我："你——不老实！不友好！"她还说，那既然这样，她就准备前往利伯维尔一趟。这简直快要把我吓死了！

二

嘉墨比的老家叫兰巴韦，坐落于加蓬中东部，属于恩古涅省穆伊拉州的一个郊区小镇。他父亲是个家具商人，我前面说过，加蓬拥有广袤的奥库梅树森林，因此盛产奥库梅木，在那里你经常可以看到一队队满载着奥库梅木的卡车沿途驶过，这是一种相当名贵的木材，奥库梅木纹路清晰，气味芬芳，做出的家具尤为气派奢华。据说加蓬有一家五星级酒店就被称作"奥库梅酒店"，店内装修及所有家具都是用奥库梅木制成的。嘉墨比的父亲娶有三房老婆，可他很少在家居住，常年只带着嘉墨比的三娘逗留于穆伊拉州内，那里有他开办的一家很大的私营家具卖场。而嘉墨比的母亲和二娘则留守于兰巴韦乡下。

二〇〇八年春节刚过，我就跟随嘉墨比来到了加蓬。加蓬给我的感觉一切都那么新奇，加蓬地处非洲中西部，横跨赤道，毗邻白沙细浪的大西洋，属于典型的热带雨林气候，全年高温多雨，几乎感觉不到明显的季节变化。初临异乡国度，感到无限的诱惑，一座座小镇和村落，宛若镶嵌在无边的绿色地毯上的珍珠，那一时刻，纯净的兰巴韦早已经把我给迷醉了。

但没想到兰巴韦人对我的好奇，绝不亚于我对兰巴韦的好奇。我坐着嘉墨比父亲的汽车，沿着村街缓缓驶过，街道两侧拥挤着兰巴韦所有的村民，有些人手里还举着鲜花，就像接待某国的元首一样。车子开到村中央故意停下来，那里建有一个正方形的广场，属于加蓬每一个村落都拥有的传统建筑，广场一侧是村里的公房，它是全村最高大的房屋，供全体村民聚会、议事和休憩。嘉墨比父亲命令我们下车，把我俩领到公房前的高台上，他对着快速围拢过来的村民们高声而骄傲地宣布："你们看，我儿子，他从大中国领来了一个漂亮老婆！"听得出他激昂的声音里流露出无限的自豪。

我被兰巴韦人的热情感动着！

嘉墨比家对我的招待同样令我感动，在这里，我几乎每天都在享受国宴级别的待遇。我吃过野牛尾、疣猪舌、大象拔、菌类、蕨类……其中，最能反映加蓬烹饪特点的是各类汤汁，香甜可口的贡波树叶炖芋头汤，清爽淡雅、沁人肺腑的棕榈果核汤，酷似巧克力味的野杜果仁做成的奥迪卡，还有她们芳族人特别喜欢食用的用肉末、葱头、辣椒烧成的纳尼汤，其味道之鲜美，足以令人胃口大开，令我产生乐不思蜀的感觉。

为嘉墨比家采购膳食用品的，是他们长期雇佣的一个本村青年，这青年看上去似乎比嘉墨比小三四岁，个子非常矮，也就一米四几的样子，脑袋尤其大，是典型的芳族人。我有点害怕这个青年，他好像有点傻，而且有严重的口吃，我一点也听不懂他说的芳语。不过记忆中，这青年似乎从未和我说过话，我只是害怕他躲在角落里窥视我的眼神，难道……他有偷窥癖吗？他还不仅仅在公开场合偷窥我，在花园里，在走廊上，甚至在我的私人房间里，有好几次我都看到他隐藏在某个阴暗的角落，露出那张龇着小白牙的大黑脸，一双白灿灿的小眼睛鬼鬼祟祟地冲我瞄望，他要干什么？对我图谋不轨吗？我曾经想过，是不是要把此事告诉嘉墨比，但最终还是忍住了，因为我担心嘉墨比以及他的家人笑我大惊小怪。

不过，还真的不是我大惊小怪。

这一天，迈塞勒又来找我了，她好像还没有去利伯维尔，这个小姑娘似乎永远都那么兴致勃勃，她一点也不介意我对她的敌意，她居然邀请我去村北的丘陵上挖蕨根，那是加蓬人餐桌上经常出现的一种蔬菜。

我犹豫着，不知该不该去，不是不想和迈塞勒搭伴，我还没那么小气，也不是不想离开家，老实讲，这两个多月，一直被困在嘉墨比家的别墅里，我感觉自己都快要憋疯了，我是多么渴望外出一回呀。但每当内心涌现出这一念头时，我的耳畔就会响起嘉墨比母亲对我的叮嘱，她跟我说如果我出去的话，千万要处处小心，因为加蓬两极分化极其严重，即贫者多，富者少，因此许多地方的治安都不是很好，尤其是外国人，他们的护照和钱物经常被偷抢。

　　迈塞勒可不管那一套，不由分说，拉起我便走。兰巴韦并不是很大，我们没有利用任何交通工具，只由迈塞勒随身背了一只编筐，我们边走边聊，当然也是一边比画一边聊，而且我们俩都是芳语和汉语相互掺和，只是迈塞勒是芳语多、汉语少，而我则是汉语多、芳语少，但我们的沟通还算顺畅。

　　不知不觉中，我们走出了兰巴韦，镇外到处是各种热带树木和碧油油的草滩，一眼望去，刹那间会把人心中所有的郁闷驱散，我欢快地挥起双手，口中"噢——噢——"的大声呼唤着，情不自禁地在乡村土路上奔跑起来。可是就在我们离那段丘陵近在咫尺时，路边一棵粗壮的树后猛地窜出一个黑影来，这黑影二话不说，冲上前就用一条胳膊圈住了我的脖颈，而另一只手开始迅速在我身上摸索，我吓得大哭起来，一边用力地挣扎，一边声嘶力竭地号叫，迈塞勒这会儿吓傻了，她站在不远处，愣愣地看着眼前发生的一幕。正在这危急关头，不知怎么，嘉墨比家的那个青年竟奇怪地从丘陵下的沟壑中站起来，他狂吼一声，朝我这里凶猛地扑过来……

三

这天傍晚，嘉墨比回家了，他父亲也风尘仆仆地赶了回来，说是要给我压压惊。稍晚些时候，迈塞勒带着她的酋长老爹也出现在嘉墨比家。酋长老爹还特意给我送来了一件礼物，是一款加蓬女孩都喜欢佩戴的精美别致的银项圈，下面还挂了一只由"鼻骨"做成的耶稣十字架项坠儿。

"鼻骨"并非真正的鼻子骨头，而是鼻骨地区特产的一种天然石材，据说它是世界上最软的一种石头，用"鼻骨"做成的物件可是加蓬最著名的工艺品呐。

酋长老爹还代表迈塞勒真诚地向我表达歉意，芳族人大多信奉天主教，少部分坚守着万物有灵信仰，迈塞勒老爹双手合十，虔诚地祷告："我尊敬的中国朋友，愿这只'鼻骨'耶稣项坠今后永远保佑你平安！"他居然也会说我们的中国话！这令我万分惊喜。

我连声说："谢谢！谢谢！"

迈塞勒这晚穿得很别致，一身非常艳丽的超短套裙，扎起了五颜六色的缠头巾，一只俏皮的燕尾结高高地翘立于脑后，这使这个本来就漂亮性感的黑人女孩显得更加活泼迷人，而更诱人的是，她居然打着一双赤脚，两条修长而光洁的腿上很有规则地涂上了许多白色的斑点，一直延伸到臀部，就像穿着一双华美的长筒网袜。

我正纳闷她为何如此打扮，是不是专门穿给嘉墨比看的？这时，别墅的外面突然传来了喧天的鼓声。迈塞勒一把抓住了我的手，我看见她的厚嘴唇更加夸张地外翻了一下，她拉起我就向别墅的外面跑去。来到院子里，我几乎惊呆了，夕阳已经掉进大西洋里，夜色笼罩着院落，嘉墨比家的院落里不知何时升起了几堆篝火，而且还多了那么多青年男女，她们个个与迈塞勒一样的打扮。我看到了一双眼睛，那是嘉墨比家的那个长工，他正立在院子的角落，身前支着一架铁板烧，淡淡的烟雾里，我看见他不时地翻动一下铁架上的烤鲜鱼，满院子弥漫着醉人的大西洋鲜鱼的清香。

原来是嘉墨比，是迈塞勒，是嘉墨比和迈塞勒的两个老爹，经过商议，为了给我压惊，为了让远方尊贵的朋友忘记白天的遭遇，专门为我举办了一次芳族特有的篝火歌舞表演，非洲几乎所有的民族部族都有其独特的歌舞，这是他们的传统文化，芳族也不例外。

现在，我的到场将场面一下子热烈起来，嘉墨比亲自加入鼓乐的行列，迈塞勒强拉着我，一直把我拽到院子的正中央，我挣扎着，大声对她说："我不会，我不跳。"可是与迈塞勒打扮完全一样的年轻女孩们，这时，本来全都坐在地上的她们，突然间全都站了起来，闪电般围成了一个圆圈，结结实实地把我堵在了中央，我不知所措，尴尬地停在那里，我听见一群人齐刷刷地冲我说："你好！中国的朋友！"她们说的居然都是汉语，虽然仅是简单的几个字，但这声音太熟悉了，太亲切了，我感到了祖国的伟大，感觉到了伟大祖国的魅力，我的双眼刹那间湿润了。

鼓乐声陡然大振。

随着震耳欲聋的鼓乐，女孩们呼啸一声，立刻跳起了热烈的舞蹈，她们甩动头部，起伏胸部，屈伸腰部，摆动和旋转胯部……非洲各部族的舞蹈本就强调人体各部位的活力，粗犷豪放，节奏感鲜明强烈，如行云流水般激越高昂，充分体现了芳族人民独具的风格。我看着她们跳，听着响亮又激昂的鼓点，渐渐的，我的羞涩感消失了，我不再忸怩了，慢慢的，我开始学起了迈塞勒的动作，不自觉地跟着活动起来，跟着跳起来，跳完一曲，又紧接着跳另一曲。这个夜晚，是属于放松和欢快的，是属于我们的，属于一个从遥远的东方而来的中国女孩。累了的时候，我们就席地而坐吃着清香四溢的烤鲜鱼。我完全融入了她们，这一刻，我也成了一个芳族女孩。

吃够了，也喝够了，鼓声一起，我们继续狂跳。芳族的女孩个个是舞蹈天才，个个称得上舞蹈家，芳族人的歌舞往往都是通宵达旦的，在那种激烈而狂欢的场合，你很难会感到疲倦，你会觉得自己浑身充斥着一股莫名的力量，支撑着你一直跳下去，直到筋疲力尽。你会不希望天明，不愿意看到日出，但朦朦的日光又总会在不知不觉间从遥远的东方逐渐明亮起来。

我突然看清了嘉墨比家院子里的几棵高大的椰子和棕榈树，以及几棵苗壮的芭蕉树，熹微的晨光中，这些热带树木显得分外妖娆，仿佛比我刚来时看到的样子还要美丽。

鼓声在这个时候停止了，我看见嘉墨比丢下了鼓槌，似乎正想朝我走来，可迈塞勒却不失时机地一个箭步窜了上去，她截住了嘉墨比，抓住了嘉墨比的双手，踮起了脚，用突然伸出的双臂，面对面地一下子圈住了嘉墨比的脖颈，但嘉墨比推开了她，还没等她继续完成更亲昵的动作，就推开了。他朝我走过来，可能是我有点醋意，我没有朝他走过去，我闪开了他靠过来的身体，只给予他一个轻轻的点头。然而点头的瞬间，我忽然又生出了那个奇怪的感觉，我用余光装作漫不经心地扫向一个角落，哦，果然是嘉墨比家的那个青年长工，那对白灿灿的小眼睛，一直盯视着我。我突然想起来，镇北丘陵附近的那次救助，那怎么可能只是一次机缘巧合呢？

四

某天接近中午，我正在一楼的客厅里看电视，这是我每天这一时段必做的事情，我惦记着北京奥运会，我想看看火炬传递的消息，但加蓬的电视台少得可怜，仅有四家，分别是加蓬一台、二台，以及另外两个非洲电视台，即三台、四台。而其中二台的信号又仅仅覆盖了首都利伯维尔，四台为闭路电视，因此只有三台全天二十四小时播放，据说，这家电视台始建于一九八八年，是私营企业，每次播放时必须要转播两次法国的电视节目。

在加蓬，我听不到祖国的声音，听不到奥运的消息，不知道火炬现在究竟传递到了哪里？所以我基本听不懂电视里的新闻解说。加蓬当地的语言也好，加蓬的官方语言——法语也罢，但大家知道的，我们国内教育的第一外语基本都是英语，我只想看看电视里的画面，只希望看看火炬传递的画面，哪怕只一次也好，但是，一直没有，我一直都没看到过！

突然，有两个十多岁的陌生小孩闯了进来，一个男孩，一个女孩，很像兄妹俩，他们看了我一眼，怔了一下，我正要喊嘉墨比的母亲，但发现这两个小孩似乎对嘉墨比家十分熟悉，他们追逐雀跃着，很快就穿过了客厅，直接朝嘉墨比二娘的房间冲去，不过他们并没有在嘉墨比二娘的房间停留多久，也就几十秒钟的样子，便又兴冲冲地跑出来，他们直接冲我跑过来，一人一只，毫不拘谨地抓住了我的手，我站起来，那男孩还有些嬉皮笑脸的，他歪着脑袋，十分专注地观察着我的脸，看着看着，他突然冲口对我叫了声："大嫂好！"我狐疑地看着他，我疑惑是不是自己听错了，这句话是从他嘴里发出的吗？他怎么会管我叫大嫂呢？正纳闷间，那个女孩也学着男孩的字音脆生生地叫了一句，"大嫂好！"原来他们均为嘉墨比二娘所生，是嘉墨比同父异母的弟弟和妹妹。

我立刻拥住两个可爱的孩子，心头不禁滚过层层热潮，正不知如何是好，我猛然又看到了那个长工的身影，他躲在别墅外的门的侧面，似乎是在偷听我们的谈话，好像还在窥视我们的行动，我心中陡地升起一股烦躁，我打定主意，决定找个机会责问他，问问这家伙为何老是鬼鬼祟祟地盯着我，到底有何居心。

我用力地咳嗽了一声，意在提示他：我已经发现了你，还是赶快离开吧。但那家伙根本没有领会我的用意，仍坚守在门侧。我一面侧耳倾听着外面的动静，一面用"半生不熟"的芳语询问嘉墨比的弟弟和妹妹："弟弟，妹妹，你们有谁认识家里的那个长工吗？"我故意把声音说得很大，两个孩子争抢着回答："我认识！我认识。"我继续询问："那，他叫什么名字？""他叫科科库。"我指着自己的脑子："他是不是精神有毛病啊？""不是，他只是有点傻，其实他也不傻，他只是口吃，但他特别害怕别人说他傻。"男孩又重点强调了一句，"他害怕找不到老婆。"

外面传来轻轻离去的脚步声。

哦，原来科科库挺自卑的啊。

自卑……莫非自卑与他的鬼祟行径有着某种必然的联系？不过也不对呀，他既然不傻，精神上也没什么毛病，那为何总是对自己主人家的尊贵客人如此无理呢？难道……难道他对我产生了某些非分之想？要知道科科库已经二十多岁了，一个二十多岁的健康的大男孩，似乎又从未走近过女孩，他一定对女孩子拥有着许多美好的幻想，呵呵，似乎更不对了，似乎想歪了，他可以对同族的任何女孩产生幻想，怎么可能对我产生幻想呢？那，他到底是为了什么？

想不明白的时候，我就开始在心里闪过科科库曾经偷窥我的一个个画面，我把那一张张的黑脸统统翻了出来，逐一对照，我立刻发现了一个共性，即那张脸每次出现时，都是非常胆怯的，眼神里也都充满着无限的渴望，啊，渴望，对，就是渴望，一定是渴望！那他对我会心存什么渴望呢？

多日的谜团终于在这个下午解开了。

午后，我故意站在窗前，装作观看院落里的棕榈树，而实际上我一直在留意着科科库，因为我知道，根据习惯，科科库应该在这个下午，骑上嘉墨比家的电动三轮车前往穆伊拉州，他每隔三天就要为主人家采购一次膳食以及日用杂货。

不久，科科库的身影果然就从别墅的侧面出现了，我依然面对着那棵棕榈树，但我眼角的余光却始终注意着他，我看见科科库刚一拐进院落，他的那张大黑脸就不由自主地朝我所在的窗口扭过来，我不失时机地也将面孔扭向了他，科科库看到我发现了他，唰地一下把大黑脸低下去。我忍俊不禁，伸出手掌，冲他嗨了一声，并将手掌对着他猛摇了几下，科科库听见了，看见了我在对他摇手，那双白灿灿的小眼睛突然冒出了两道狂喜的光。

我快速地奔出别墅，坐到科科库的车斗上，科科库太惊喜了，以至于一直停在院落里，老半天说不出话，直到我告诉他，我想跟他去穆伊拉州，他这才小心翼翼地发动车子。我知道他很胆小，或者说只是很害怕我，因此我早就想好了如何套他的话。待车子驶出兰巴韦，我开始和科科库说话，我夸赞他，用我所知道的芳语中一切赞美人的词句，我对他说："其实你是一个很棒的人，因为我常听嘉墨比的母亲和二娘在背后说你办事细心精明，你去穆伊拉州采购，每次都能买到既新鲜又便宜的蔬菜……"

渐渐的，科科库果然不再胆怯了，也开始说话了，科科库不胆怯的时候，居然能跟我讲出很流利的芳语，更奇怪的是，他语速很慢地跟我讲出芳语时，我居然全都理解了。在一阵交流之后，我发现，原来这个加蓬穆伊拉州的极其普通的大男孩，心底竟一直存放着一个很强烈的愿望，那就是要跟我学说几句中文！他说，在兰巴韦，无论是大人和小孩，男人或女人，每个人都能说几句中文，唯独他，虽然一直做着嘉墨比家的长工，与嘉墨比共处的时间最长，却一句中文都不会说，这让他非常苦恼！

哈哈哈……原来科科库竟如此可爱！

五

嘉墨比的别墅坐落在兰巴韦镇边，是整个兰巴韦最阔绰也最显眼的房子，甚至比酋长家的房子还要阔绰很多。别墅通体为木质结构，共设有三层，总面积应该在二百八十平方米左右。平时，这所偌大的别墅里一般就只有四个人，即嘉墨比的母亲、二娘、科科库和我，所以一般情况下都比较祥和而安静。只有到了月末的双休日，人才会多起来，因为那个时候嘉墨比的老爹往往要回来，嘉墨比也可能会回来，嘉墨比二娘的那一双儿女也肯定要回来。

加蓬的农业不是很发达，耕地面积不到全国土地面积的 2%，因此，加蓬的粮食、蔬菜和肉类均不能自给，粮食的 60% 需要进口。而作为穆伊拉州郊外的一座普通小镇——兰巴韦，和全国的形式基本没有什么不同。在嘉墨比很小的时候，他母亲曾经种过可可、咖啡和木薯，后来随着嘉墨比老爹家具生意的日益兴隆，他母亲干脆放弃了那几分薄地。再后来，一直到嘉墨比老爹娶来了二娘和三娘，他们便再没从事过任何农业耕种。因此，嘉墨比的母亲和二娘基本就是兰巴韦的闲人。

嘉墨比的母亲很会招待客人，这不仅仅表现在家庭饮食上，更表现在平时的家长里短上，自从我以他儿子未婚妻的身份来到她家，每天她至少拿出四五个小时来陪伴我，而且，可能是因为她儿子是个地道的中国通，这个加蓬农村的普通妇女，居然能够很流利地说出许多中国话，她能够用条理清晰的汉语向我介绍兰巴韦，介绍穆伊拉，介绍利伯维尔，介绍她所懂得的加蓬。这也让我倍感这个家庭的亲切，倍感这所本来空落落的别墅的温暖。

但时间刚刚步入五月份，情形却骤然间产生了一百八十度的大转弯，整座别墅里突然弥漫起一种莫名其妙的氛围，首先是嘉墨比的二娘基本不跟我说话了，她甚至在有意躲避我，那紧张的神情好像她很害怕和我说话，很害怕见到我一样，而一旦无法避开时，她的表情总是显得十分尴尬。近而，我很快发现，嘉墨比的母亲也慢慢如此了，她很少再来我的房间，即便偶尔不得不来一回，她的屁股也不会坐在某处座位上，只是站着，冲我露出那应该有的友好的微笑。这究竟是怎么了？难道是我把什么事做错了，以致她们不高兴，甚至生我的气了？

夜深人静的时候，我不得不胡思乱想，我历数着住进嘉墨比家后自己的所有言行，但无论我怎么思考，也找不出有过什么异于往常的言行，难道仅仅是因为我跟随科科库去了一趟穆伊拉吗？可那不是我擅自去玩的呀，我事先已经跟嘉墨比母亲请求过的呀，而且即是因为此事，率先不高兴的也应该是嘉墨比，而不是她们，可嘉墨比在电话里却从未跟我提及过此事。

思考到最后，我认为问题不可能出现在我自己身上，更可能是嘉墨比，对，一定是他，只有他才能够决定家里其他人对我的态度，那么嘉墨比究竟发生了什么呢？噢……我轰地一下子似乎有点明白了，是不是嘉墨比做了什么对不起我的事？以致他母亲和二娘才有了五月份以来的变化，可嘉墨比能做出什么对不住我的事呢？难道他移情别恋了？他恋上了谁？啊！是迈塞勒，就应该是迈塞勒呀，不是那个小妮子还能有谁？此刻我才突然意识到，迈塞勒已经有七八天没来过嘉墨比家了，一定是这小妮子偷偷跑去了利伯维尔，不行，我要立刻质问嘉墨比。

我给嘉墨比打了电话，电话通了，嘉墨比显得十分兴奋，张口就说："宝贝儿，我好想你，你也想我了吧？不过，我想，我们真的不用急，就快了，我们用不了几天就不用再分开了。"

嘉墨比的话让我一时间有些犹豫，不知该如何是好。还问他吗？能问出什么？如果迈塞勒真的在他那里，他真的已经移情别恋了吗？如果情况果真如此，那我还有什么必要待在加蓬？我甚至都不应该和他争吵，我也没有权利指责人家，那是人家的民俗啊，只是我不能接受而已，我当然也不能够接受，难道我万里迢迢赶来这里，就为了要二女、三女……甚至 N 女共侍一夫吗？

但我有权利弄明白事情的真相，我必须要弄明白真相，否则我就无法安心。我下定了决心，如果真和我猜想的一样，我就和所有人不辞而别，悄无声息地离开兰巴韦，离开穆伊拉，离开加蓬，而且永远都不再来了。

想到这，我开始思谋着该如何弄明白事情的真相，从哪里能得到事情的真相。嘉墨比母亲和二娘那里显然不可能，通过她们最近几天对我的表现，我觉得她们不会告诉我真话的，否则她们也不会处处有意回避。那么在这个陌生的国度，在兰巴韦我还能找谁呢？我只有去问迈塞勒的老爹，直接去问那位酋长大人。最好能再有个向导，有了一个合适的向导，行走在兰巴韦的村街，才会方便许多。我别无选择地找到了科科库。

六

　　科科库跟我学习汉语已经有一个多星期了，这段时间内，只要我们见了面，我就会认真且耐心地教他几句，但是可爱的科科库前五天只会说"上午好，下午好"这样简单的见面语。科科库显得非常焦急，我时常看到他一个人躲在某个没人的角落里，几十次甚至上百次地练习。

　　然而科科库确实有些笨，往往刚刚从我这里离开，还能够比较准确地发出字音，而练着练着就完全走样了，他会把"上午好"奇怪地发成"向上跑"。我不敢在科科库面前露出半点嬉笑，生怕击垮了一个纯洁的灵魂，我改变了方式，教他说另外的短句，我教他说"我聪明，我很棒"，而且先用通俗的芳语给他解释字面的含义，然后伸出大拇指，很形象地告诉他"我很棒"。

科科库真的学会了这三个字，我看见学会"我很棒"的科科库，走进嘉墨比家的院子时，他那颗大黑头一时间挺了起来，仿佛他的个子也高出了一截。后来，科科库都能在"我很棒"后面巧妙地加上一个"的"字了。

"我很棒的！"科科库对我说，他说他去过酋长家，他很愿意带我去找酋长。

科科库自豪地走在我前面，兰巴韦镇街上的村民看到了这一幕，不由得将欣羡的目光纷纷投向科科库，竟有人好奇地追赶着询问我们："科科库，你陪中国客人去哪儿啊？"科科库就倨傲地芳汉双语参半地说："上午好！我们去酋长家，我很棒的！"科科库突然之间就会说"上午好"了，这简直是一种奇迹，我对科科库高高地竖起了大拇指。

科科库一直高挺着胸脯走进了兰巴韦的酋长家，恐怕这在他有生之年还是头一次。

一进院子，科科库就大声地朝着低矮的木房子里喊："酋长，酋长，"科科库的芳语也流利起来，"中国客人来拜访你了。"酋长的脸在玻璃窗上闪了一下，接着很快就打着赤脚从房子里跑出来，一边跑，还一边不停地冲我寒暄着。科科库不失时机地插上了一句："上午好！酋长。"酋长惊讶地看了科科库一眼，科科库立刻又跟上了一句，"酋长，我很棒的！"

宾主落座，我直接说明了来意，本来我不想这样的，这样多少显得缺乏礼节，酋长大人一直把我敬若上宾，还送过我那么珍贵的礼物，我想和酋长多攀谈攀谈，但我的芳语能力实在有限。

酋长见我开门见山，直接谈到了他女儿，他的表情倏忽间暧昧起来，眼光也漂移起来，但酋长的语气却十分坚定，他深埋着头颅，目光散淡着，似乎在盯着自己的赤脚，脚趾好像都麻木了一样，不停地急切搓动着，他忽然抬头观察了我一眼，像补充，又像强调地说："对，迈塞勒没去利伯维尔，她没有去找嘉墨比，她去库拉穆图州找朋友去了。"酋长强调完居然冲我尴尬地笑了笑。

这一笑无疑等于告诉了我，他在说谎，他在骗我，迈塞勒就是去利伯维尔了，她如今就和嘉墨比在一起。亏我还一直把他当作诚实忠厚的长者，他竟帮着他的女儿，用一种近乎无赖的手段抢夺那本来属于我的"丈夫"。但我说过，我不能生气，生气也应该在自己心里。我也对着酋长笑了笑，说声："打搅了！"起身便告辞了！

我感觉遭受到了前所未有的欺辱。

重新来到兰巴韦街上，我再也抑制不住自己的情感，眼泪唰唰地涌出来，我走得很急，几乎是一路小跑，我担心街上的村民发现一个中国女孩失意的窘迫，于是，我咬了咬牙，把一脸的苦楚全部吞回肚子里，随即放缓了脚步，等待身后的科科库。科科库很快赶上来，这个有点傻的男孩居然察觉出了我的反常，甚至感觉到我可能是遇上了麻烦，他的大黑头不再高高地上挺，而是低低地垂向胸口，仿佛是他犯了错，给我制造了麻烦似的。

他结结巴巴的，用带有严重口吃的芳语急切地向我表达着他的想法。可我一点儿也听不懂他的话呀，我急得一个劲摇头，科科库也急得团团转，科科库转着转着，突然蹲到地上，伸出手指在地上画起图画来，我看见他画了一条公路，画了一辆公共汽车，画了一排一排的家具，最后又在家具旁画出三个人，一个男的，一个女的，女的身后有一个男的，我忽然有所领悟，指着地上的女的，又指指我自己，用芳语问科科库："你是说要陪我，我们坐车去穆伊拉？去找嘉墨比的父亲？"

科科库像小鸡啄米一样，频频点起了头。

七

　　穆伊拉州是恩古涅省的省会，在加蓬的确属于比较大的城市，但如果放在中国，充其量也就相当于一个普通的县城。嘉墨比父亲是这一地区颇有声望的商人，有着相当不错的口碑，当地人送给了他一个非常响亮的绰号——"家具大王"，据说他经商的成功理念就两个字——"诚信"。

　　来到加蓬，我一共见过嘉墨比的父亲五次，第一次是在利伯维尔机场，是他驱车前往那里接我和他的儿子。那时候，我心里除了怀着初临异国的兴奋，更多的就是一种挥之不去的恐惧，我恐惧嘉墨比的父亲，他毕竟是我未来的"公公"，我不知道该如何与一个商人"公公"打交道，不知道他长什么样，他威严不威严，凶不凶，吓不吓人，刻薄不刻薄……我忐忑地由悬梯走下来，我都有点儿不敢往机场出口的方向走，不敢正眼朝那里观望，生怕那个大名鼎鼎的商人看不上我，给我们摆出一副冷冰冰的面孔。甚至更严重些，盛怒之下他会不会拉着他儿子一走了之？把我一个人，孤孤零零地抛在这陌生的国度？

　　当然，这些全是一个女孩的杞人忧天，全是因为她太爱她未来的"老公"了，因过分紧张产生的不必要的担心。我低着头，缓缓地走着，这时我突然听见依稀有人高呼我的名字，我有点不敢相信自己的耳朵，是的，在这完全生疏的加蓬，完全生疏的利伯维尔，有谁会认识我呢？更不会有人知道我的名字啊。但那高亢而激动的喊声，似乎早就期盼已久，正源源不断地从机场出口那里传过来，"杭杭——杭杭——杭杭——"没错就是有人在喊我的名字，我惶惑地抬起头，边走边寻找，我看见一个黑灿灿的小伙子，踮着脚，前倾着身体，正在冲着我和嘉墨比高高地摇动手臂，近了，看得比较真切了，那个人的确比嘉墨比还要黑，但年龄仿佛比嘉墨比大不了几岁，难道他就是嘉墨比的父亲吗？早就定好的，由他父亲亲自接我们呀。快接近出口了，我看见那个人急切地推开工作人员，差一点就冲进来，但工作人员最终还是把他阻在了外面，他像个孩童似的蹦着脚，继续喊叫我的名字。嘉墨比这时突然兴冲冲地冲他叫了声爸爸。啊，原来他真的是嘉墨比的父亲。嘉墨比父亲向我深鞠一躬，迅速从我手中夺过行李箱，连声说："谢谢！谢谢！"他用的是我们的汉语，他说非常感谢我，感谢一个中国的女生能够不远万里来到加蓬,感谢我能够屈嫁给他的儿子,这是他家祖祖辈辈的荣耀。

是的，我就是嘉墨比的荣耀，是嘉墨比父亲的荣耀，是他家祖祖辈辈的荣耀，是他们兰巴韦小镇的荣耀。但是，既然是荣耀，你们为什么还要如此待我？难道仅仅是因为一夫多妻的传统风俗吗？

可如今加蓬的现代婚姻不也是一夫一妻制吗？更何况，你们既然选择了我，选择了一个中国的女孩，难道你们就一点也不考虑我们中国的风俗吗？难道……难道你们就永远因循守旧，永远那么原始不开化吗？

我难以抑制胸中积郁已久的愤懑，在心里愤愤地质问嘉墨比的父亲，边走边骂，不知不觉中我竟然发出了声音，演变成一种自言自语的咒骂。科科库一直默默地引领着我，但是我似乎完全忘记了他，丝毫没有感觉到，我竟然已经跟随着他，走进了一家偌大的家具卖场。

嘉墨比父亲的卖场确实很大，应该有几千平方米了，一进门就给人一种豪华的高档气息。首先是一个宽阔的大展厅，很艺术地摆放着各种沙发、茶几、电视柜、床铺、衣柜，里面分隔出许多种特色的家具，它们都是按照现代人的生活习惯和喜好设计出来的，完全体现出现代人的居家风格。

据说，在加蓬，就连利伯维尔的一些市民，在迁居新家的时候都会到这里来购买家具。科科库以前来过这里，他对这里很熟络，直接带着我穿过主厅，朝后面走去。我知道科科库是要带我去见嘉墨比的老爹了，这应该是我第六次见他。以前的几次，除了在利伯维尔机场，都是在他们的老家兰巴韦，我早就已经熟悉了这个人，早就不再怕他了，他在我面前从不把自己打扮成长辈，待我就如同一个大哥哥，每次都以开玩笑的形式对我嘘寒问暖，唯恐我不习惯加蓬的一切。

不知怎么，突然之间，我竟又不想见他了，见了他又怎样？难道我真的就没有礼数地上去质问他一番？那又能如何？该离去的总归要离去，何必再搞得不欢而散，丢了中国人的脸面。

我犹豫着，脚步趑趄不前，我叫了一声科科库。可就在这一瞬间，我猛地发现了嘉墨比的弟弟、妹妹，就是他二娘所生的那一对儿女，这两个孩子高声喊着大嫂，雀跃着冲我扑过来，我也迅速迎上去。他们激动地问我："大嫂，你是来看我俩的吗？我们刚好中午放学，得亏爸爸今天去了利伯维尔，由三娘照看卖场，否则我们就要错过了这次见面的机会。"

我正好顺着答应："你们是说，你们的爸爸今天不在这里？"两个孩子刹那间闪过了一丝失望，"噢，原来大嫂是来见我们的爸爸的。"但说完这句马上又高兴起来，妹妹继续问："大嫂，你来找我们的爸爸一定有事吧？"我一时懵在原地，不知该点头还是摇头。弟弟突然眼睛一亮，急着说："对了，我想起来了，那天我听见大哥给爸爸打电话，好像叮嘱爸爸，说如果大嫂问起迈塞勒姐姐的事，千万不要把她前去找大哥的事告诉大嫂，大嫂你是来问这事的吗？"我的胸口咚的一声，仿佛遭人重重地擂了一拳，我怔在那里。两个孩子惊讶地问：

"大嫂，大嫂，你怎么啦？"

……

八

我没怎么，我不能怎么，但我能够离开，我想，这个下午，就应该是我离开兰巴韦，离开穆伊拉的时候。那天天气正好，没有风，天空中飘浮着几团洁白的棉絮，气温也很舒适，26℃，刚好是加蓬全年的平均温度。我的心情出奇平和，我没有愤怒，也没有生气，更没有任何的责怨，只当来到一个陌生又热情的国度，做了一次近百日的旅行，而如今正是我旅程结束的时刻，该打点行装回家了。

我关起门来，细细地检查自己的东西，从每一件衣服，到平时自己使用的每一件物品，我不想把任何一件小小的东西丢在这家特别的旅馆，我打开行李箱，有条不紊地往里面摆放，我把来时由杭州买的牙膏和牙刷都塞到了里面。在面对那个挂有"鼻骨"耶稣项坠儿的银项圈时，我显出了丝丝犹豫，我不知道是该把它带走，还是该把它留下来，但最终还是把它装进了旅行箱，我想我与加蓬之间并没有不可调和的矛盾，那件礼物就权当是两个民族之间的一点儿友谊的见证吧。

可来而不往非礼也，我给这里留下什么好呢？杭州的特色产品，我随身带来了两个，一个是"西湖龙井"，只是饮品，喝了就没了；另一个是蚕丝做成的纱巾。对，我就把这条纱巾留下来吧，留给迈塞勒，作为一段特殊的纪念，也算回了酋长大人的情分。于是我快速写下一张纸条，连同那条纱巾一起，十分郑重地放到柜子上。

嗯，该走了，我抓住旅行箱的拉手，最后又环视了一遍整个房间，我的视线停留在窗口，停留在院子里那几棵笔直高大的椰子树干上，明媚的阳光照耀着它们，哎呀，现在走，是不是有些早了呢？就这样大摇大摆地走出去，一定会被嘉墨比母亲或科科库发现的，遭遇她们，自己还能顺利地离开兰巴韦吗？还是稍等吧，等她们都进了厨房，都在忙自己的事，我再悄悄地离开这所别墅，只要出了兰巴韦，登上去穆伊拉的公交车，再乘上前往利伯维尔的火车或长途汽车，赶到机场，也许后天我就可以回到杭州了。

我正这样想着，决定着，突然传来轻轻的脚步声，是嘉墨比母亲的脚步声，脚步声一直来到我的门外。我赶快迎过去，我不能把她放进房间，否则一切都将变成另外的模样。我打开门，闪身来到门外，嘉墨比母亲立刻递给我一件东西，她说有我的一封快递邮件，上午就来了。我连忙接过来。嘉墨比母亲还是那副尴尬的样子，借故她该要做饭了，便脚不停留地下楼了。我目送着她消失在楼梯口处。

重新回到房间，关上门，我双手拿着邮件，不能全部看懂上面的文字，只能大体判断这是一封来自利伯维尔的快件，利伯维尔？我在利伯维尔不认识任何人啊？也没有人认识我啊？是谁给我寄来的？

这封信很厚，沉甸甸的，我打开它，哇，居然还是法语和中文双语打印的，是来自一家叫作"中加桥公司"的公函，首页居然是一张该公司中国联络部门经理的聘用合同书，上面还有我的名字！我简直惊讶到了极点！是不是搞错了？这一定是谁搞错了！中加桥公司……中加桥……不熟悉，一点印象都没有，从来没有听说过！

我翻看后面有关该公司的介绍，该公司既定于二〇〇八年五月八号开业典礼，五月八号？啊，五月八号岂不是后天，难道该公司还没有开业？公司大体的意向是随着中加贸易合作的不断发展，许多物美价廉的中国商品正在丰富着加蓬各地的市场。在利伯维尔就有一家规模较大的华人超市，生意较为兴隆，但目前仍有许多加蓬的商人对中国缺乏足够的了解，甚至有些个别动机不纯的外国商人趁机造谣，说中国的商品质量很差，造成加蓬各地很多商人都从欧美商人手中花很高的成本进货。"中加桥公司"就是要在加蓬各地的商人中间进行广泛宣传，使他们了解中国，了解中国的商品，打消他们的顾虑。"中加桥"即是指在中国与加蓬之间搭建一座贸易的桥梁的意思。而我作为中国人，又懂得一些加蓬民族的芳语，是最合适出任该公司中国联络部门经理的人选。啊，这家公司的创意真好！可是……可是他们是如何得知我的呢？

难道是嘉墨比把我介绍给了他们？

我想到嘉墨比的时候，加蓬的太阳已经西沉，我又看了一眼嘉墨比家的院落，树干上的阳光已经不再那么刺眼，我突然看见树底下不知什么时候竟多了一辆轿车，墨绿色的，那么熟悉，啊，它不是嘉墨比的车吗？难道是他回来了？他什么时间回来的？为何提前不给我打电话？既然回来了，为何都不来看我？哼！好小子！想必是与迈塞勒一起回来的吧？喜新厌旧也不必这么急嘛！

我再也不顾什么矜持，把那封聘用合同书顺手塞进口袋里面，一把拉起旅行箱，砰的一声打开门，迅速朝楼梯走去，我要大摇大摆地离开，看你们谁敢拦我？看你们谁还有脸来拦我？我怒气冲冲地来到楼下，一眼便看见嘉墨比以及他的母亲和二娘，这三个人聚在客厅里，正在踌躇满志地谈论某件事情。三个人同时发现了我，不约而同地从沙发上站了起来。

两个娘亲立刻现出难堪的神色。

嘉墨比满不在乎地迎过来，他还嬉皮笑脸地说："怎么，宝贝，你已经猜到了我要来接你？"我不理睬他，郑重地冲他亲娘和二娘深鞠一躬，算是答谢她们这些天来对我的照顾，也算与她们做最后的告别，然后面色阴沉地绕过嘉墨比，急匆匆地向外面走去。嘉墨比追出来，他的两位娘亲也追出来，他母亲焦急地在我背后嚷道："孩子，嘉墨比没有对不住你，他想给你制造惊喜，他就是那样的人。"

嘉墨比几步就冲到我前面，一把夺下我手中的旅行箱，到了这个时候，他还有心情嬉笑，还调侃我："宝贝儿，是不是去利伯维尔？想回国？啊哈，那正好，让我来送你。"还不等我辩驳，不等我做出什么反应，这个家伙，这个无赖，竟无耻至极地将我的旅行箱扔到轿车的后备厢里，并嘭的一声把它锁起来。他拉开车门，一只手摇着钥匙，另一只手摆出一副请的姿势，口中继续嬉笑："我尊贵的老婆，您请！"请就请，我心里想，怎么，你以为我不敢？反正我是要去利伯维尔。我怒视他一眼，朝车内走去。这时，我突然看见一个靓丽的女孩恰巧出现在别墅的门外，女孩一身现代大都市的时尚打扮，停在夕阳的光线里，就像一株亭亭玉立的黑牡丹，那么耀眼，那么迷人，啊，那不正是迈塞勒么……

九

　　我坐在轿车里，迈塞勒坐在副驾驶位置，看着他们一路上谈笑风生，我在后面直直地冷笑。轿车风驰电掣般西行，加蓬的路况并不是很好，不时产生几下强烈的震动。我也学会了奚落人，我嘲讽嘉墨比："嗨，新郎官大人，小心乐极了生悲，我可不想陪你们一起支离破碎，我还想回国看奥运呢。"迈塞勒回过头来，冲我妩媚地笑了笑，这种媚笑，简直令人恶心，我同样不客气，夹枪带棒地揶揄她，"迈塞勒，迈大小姐，你选错目标了，你应该把笑抛给他。"我一扬下颚，指向嘉墨比。嘉墨比也回了一下头，鬼鬼祟祟的样子，他对迈塞勒说："怎么样，你看看，我的杭杭老婆可爱不可爱？""可爱，确实可爱，太可爱了。"两个人一齐哈哈地大笑起来。

　　他们俩继续说笑。

　　我心中感到不适，不再说话，盼望着尽快赶到利伯维尔，我想我应该找一家离机场较近的旅社，好好地休息一夜，嗯，也许只有半夜，我还不知道穆伊拉距离利伯维尔的准确车程，即使半夜也可以了，我还需养足精神，明天上午就办好一切相关手续，下午或者傍晚说不定就能登上飞机，我开始想象眼下祖国的奥运气氛应该已经非常浓郁了，我们的北京应该到处都能看到迎风飘扬的五环旗帜了！

哦，终于到了树影婆娑的利伯维尔。我命令嘉墨比把我带到机场附近的某家旅行社，嘉墨比爽快地答应了一声，"好的。"轿车继续在利伯维尔的街道上穿行。早就听嘉墨比向我介绍过，说"加蓬"一词据传是由葡萄牙人所穿的一种服装演变而来，那是在十五世纪的时候，葡萄牙人在加蓬沿海登陆，发现戈莫河口，即如今加蓬河支流的河口，其形状非常类似葡萄牙水手当时所穿的一种叫作"卡邦"的服装，于是就把此河口称作"卡邦"，后来音译演变成加蓬，当时只是指河口两岸，直到很多年后，才把整个国家称之为加蓬。而坐落于加蓬河口北岸的利伯维尔，早在那个时候，它还只是西方殖民者从事罪恶贸易的一个很不起眼的地方，一八三九年一位名叫布埃的法国船长，偶然发现这里其实是一个建立商站的好地方，于是便用极其低廉的代价，骗取了加蓬河口两岸的主权。为了掠夺加蓬丰富的自然资源，一八四六年，一座殖民者的商业城镇在加蓬河口北岸建立起来了，这便是利伯维尔的前身。一八四九年，法国人在附近截获了一艘偷贩"黑人"的船只，把船上的黑人安置在这里，于是，布埃便给这个城镇起了个时尚的名字——利伯维尔，其实就是自由之意。

如今的自由之城，西北面有延伸的海滨，东面有起伏变幻的丘陵，南面有沟通内陆的加蓬河，加上宜人的热带海洋气候，早就成了世界著名的旅游胜地，每年都吸引着来自世界各地的观光游客。这里沙滩开阔，水质清澈，到处都是雅致的别墅、高大豪华的酒店。首都和商业中心更是大楼高耸，建筑成群，商店林立，而且将热带风情同高大的现代化建筑有机结合起来，构成了一幅幅绚丽多姿的画面。其实，我心里一直痒痒的，就是期盼着有一天能一饱眼福，全方位地游览利伯维尔。我曾经多次央求过嘉墨比，可嘉墨比每次都是说："宝贝儿，会的会的，不过不是现在，将来肯定会让你满足，就怕你每天都待在利伯维尔，那毕竟不能与北京相比，你会厌烦的。"听听，真的不知道这个鬼家伙在要什么花样，听那口气，好像将来要把我变成利伯维尔市民似的。

轿车上了著名的邦戈凯旋大道，一时间我似乎忘记了自己的不快，目不暇接地观赏着道路两侧的风景。我在寻找利伯维尔的标志性建筑——宏伟壮丽的议员大厦，因为嘉墨比说过，那是由我们中国援建的大厦，我内心不由得升腾起一股自豪感。啊，看到了，终于看到了，它巍峨耸立于利伯维尔政府的办公大楼之间，哇，那果真是凯旋大道上一处最亮丽的风景。

嘉墨比这时好像故意放缓了车速，他没有说话，迈塞勒也不再说话，他们好像知道我此刻正在欣赏我们中国人留下的杰作。轿车缓缓地驶过去，我不知道他们要把车开到哪儿，我密切注视着道路两侧的路标，不多时，轿车拐上了独立大街，这是加蓬首都商贸中心大街，我看了一眼手机上的时间，刚好是晚上十点，独立大街的夜生活正好步入高潮，五彩斑斓的霓虹灯影中，无数闲庭信步的游客正在游览和购物。

轿车这时奇怪地开到一座高高的写字楼下，我正狐疑他们为何要把车停在此处，因为此处离利伯维尔机场还有相当远的距离，迈塞勒拉开车门，这小妮子又奇怪地冲我笑了笑，不过这一次不是媚笑，而是非常诡异的笑容，她瞟了一眼身边的嘉墨比，说："嫂子，明天见！"她的身体迟疑了一下，没有立刻下去，厚嘴唇夸张地外翻一下，补充说："嫂子，如果今夜他再欺负你，你……你就把他的嘴唇咬烂，看他明天怎么面对那么多人！"啊，她居然不管我叫姐姐，而改叫嫂子了。这其中难道有什么隐情？

十

嘉墨比没有把我送到利伯维尔机场，而是强行把我拉到了紧挨海滨的一个高层住宅小区。我无法猜测这个一向狡黠的家伙还要要什么伎俩，但我确实毫无办法，我不能惧怕，怕也没用，既然他已经停车，我就必须要下车，我相信嘉墨比不会伤害我的。我默默地跟随着他，走向一幢高高的楼房，我仰头望去，凭感觉，这幢楼房应该在四十层以上，莫非他把我带到这里，是想让我在此居住一晚？事实上，我还不曾住过这么高的房子，尤其是毗邻大西洋的岸边。

小区的静谧超出所有人的想象，走在甬路上，除了自己轻轻的脚步声，萦绕在耳边的似乎仅有大西洋轻音乐般的细浪声，小区的草坪灯影影绰绰，我想象着，不知道从四十层的窗口向下张望，这些排列有序的草坪灯会不会像深邃夜空中的星斗。如果在黄昏，瞭望浩瀚无际的大西洋，那落进水面的太阳，又似不似一盏小小的灯呢？

嘉墨比这时候显得很急切，脚步轻盈而迅捷，他拉着我的旅行箱，一边走，一边不住地催促，他说："哎呀，宝贝儿，你能不能快点？我们早就盼着这一天，现在这一天终于来了，你怎么反倒磨磨蹭蹭啦？""你想得美！"我狠狠地瞪了他一眼。是，我是早就盼着这一天，可是，我盼的是和他堂堂正正地走进教堂，是和他结婚，是和他组成一个幸福美满的跨国家庭，而不是做他的宠妃之一。

我缄口不语，悻悻地尾随他走进楼门口，走入电梯，我瞥见他的手指飘逸地摁了一下36，电梯迅速地升起来。三十六层眨眼间便到了，嘉墨比一直鬼鬼祟祟地望着我，一手拉起旅行箱，一手紧紧拽住我，我们来到3601门前，嘉墨比从口袋里掏出钥匙，非常娴熟地打开房门。哇！这里是哪儿，是哪个杭州人的家吗？我简直被眼前靓丽的大房子给惊呆了，房子似乎刚刚装修完不久，三室两厅，足足有一百四十平方米，气派豪华，里面的诸多装饰，看上去非常类似我们杭州的居家风格，尤其是起居室中那幅宽大的壁画——雷峰塔、湖面、断桥、白娘子和许仙……我看着壁画，怔怔的，呆呆的，一瞬间仿佛突然荡舟于亲切的西湖中。

嘉墨比这时悄悄从身后抱住了我，他的嘴唇开始在我脖颈间轻轻蠕动，急促的鼻息吹进我的身体里，瞬间激起了我内心深处的热情，我猛地转过身来，紧紧搂住他，疯狂地亲吻。可就在这时，迈塞勒的话突然在我耳边响起来，"把他的嘴唇咬烂！"我心里猛地一惊，迈塞勒肯定来过这里，说不定她失踪的这些天，两人就一直住在这里。

我恶心得一把推开了嘉墨比，脆生生地掴了他一记响亮的耳光，嘉墨比被我打得莫名其妙，他还以为是我嗔怪他这么久一直对我冷淡呢。他又凑上来，张开双臂，想继续拥住我，我更加用力地掴了他第二记耳光，嘉墨比在我突然举动中懵住了，他不敢再嬉皮笑脸了，而是怯怯的，一本正经地问我："宝贝儿，怎么了？是对咱们的新家不满意吗？"我非常鄙夷地喊了一声，我嘲讽地诘问他："咱们的新家？是迈塞勒和我们的新家吗？甚至是更多人在一起的新家吗？"

嘉墨比一听我如此说，立刻恢复了一贯的嘴脸，"嘿嘿嘿……"

他又鬼鬼祟祟地笑起来："哎呀，我可爱的老婆，我当发生了什么呢，还真把我吓了一跳，实话告诉你吧，宝贝儿，这三个月来，我就是一直在忙着两件事，开办'中加桥公司'和装修咱们的新家，什么迈塞勒？和她有什么关系？"

"好诡诈、好恶毒的家伙！你还敢再骗我，难道你敢说这些日子她没和你在一起吗？"

"这个……这个……"嘉墨比开始吞吞吐吐起来，"她确实是和我在一起，不过……"

"没有不过！"

我跑进一间卧室，把门关起来，反锁上，不允许他进屋："该死的，去死吧，和迈塞勒死在一起。"我听见嘉墨比在外面苦苦央求我，他说："宝贝儿，开开门，我和她真的没什么。""什么没什么？你们既然天天在一起，还敢说没什么？去死吧！"房间外良久的一段沉默，后来我听见什么东西味味地在地板上滑动，滑动声一直延续到我的门口，嘉墨比大声地问我："宝贝儿，找到被子了吗？被子在柜子里，你就在房间里睡吧，别再想着跑掉，我就在你门外的沙发上，明天早晨你还要赶着去公司报到，好了，我们睡吧。"

不知过了多久，嘉墨比又在外面不安分地叫起来，"宝贝儿，睡着了吗？"我拽着被子生气地回答他："睡着了。""你真的睡着了吗？""睡着了。"我悄悄地从床上溜下来，蹑手蹑脚地走到门边，轻轻地旋开门锁，重新回到床上，我知道我为什么这样做，因为我仍然深深地爱着嘉墨比。

"你真的睡着了吗？""我睡着了。""你真的睡着了吗？""睡着了……"他的声音越来越低，而我的回答越来越温柔，渐渐的，他的声音变成了一种疲累的幸福的鼾声，我在他均匀的鼾声中沉入梦乡。

嘉墨比果真开办了"中加桥公司"，公司的地址在独立大街那座写字楼的八层，二〇〇八年五月八号正式剪彩开业。据说在公司正式开业之前，嘉墨比已经和利伯维尔的商人成功地协作了五宗业务。公司的规模不是很宏大，但显得很精细，总经理嘉墨比，顾问嘉墨比老爹，中国联络部经理杭杭，就是我了，总经理秘书迈塞勒；另外还有九人，分别来自加蓬的九个省区，全加蓬一共有九个省，每人各负责一个省份。

我随嘉墨比来到写字楼八层时，公司除了嘉墨比老爹——正在一楼大厅迎候前来观彩的加蓬政界及商界的精英外，其余人等全都在迈塞勒的率领下，早已经恭候在公司办公室。我们一到，迈塞勒立刻率领那九个人，热情地把我围起来，九个人齐刷刷地向我问候："欢迎杭杭经理，祝贺嫂子成为'中加桥公司'的骨干。啊？他们用的居然都是中文，他们都会说中文！迈塞勒一个个地向我介绍他们，在介绍完最后一个看上去很英俊的青年时，迈塞勒突然伏到我耳边，轻声说："嫂子，你昨晚没咬他的嘴唇吗？你看看我，这就是我新结识的对我一见钟情的那个他，我可把他的嘴唇都咬破了。"我注意了一下这个青年，这青年立刻腼腆地垂下头去，啊，他的嘴唇果真破了，趁人不注意，我在迈塞勒这个鬼丫头的臀部上狠狠地掐了一把。迈塞勒借机高声招呼大伙，走了，下去了，我们都去迎接客人，准备剪彩……

沙棘结

一

夏子骞很奇怪，他奇怪自己为什么一点点都没有怨恨念语，甚至一点点都不怪她；他也奇怪自己，为什么困扰了自己近四年的负罪和愧疚竟一时间消失了。是突然消失的吗？还是"鸭梨"一直"山大"，导致他越来越脆弱的神经，无法承受世俗的重重煎熬，而最终寸寸麻木，直至全面崩溃？总之在念语对他漠然地说出"我们应该走一趟沙棘丛林了，是时候了……"时，夏子骞居然表现得比对方还要冷静，还要漠然。他当然知道那句淡淡的半截话意味着什么，也非常清楚那绝对不是玩笑，他清楚念语一定是下定了决心，要义无反顾地取走沙棘丛林中由他亲手搭建的沙棘枝小房子里刻有"念语"的那块小石头了。但是夏子骞的心愣是没有颤动一下。

夏子骞还清晰地记得半年前北京的那场特大暴雨，那场雨依稀持续了一天一夜，他记得他的心是随着午后越来越浓重的乌云逐步纠结起来的。他知道自己为什么纠结，但是没办法不纠结。他无法把自己的注意力集中到等待校对的书稿上。他一会儿站到仅有九平方米左右的地下室的一尺窗前，观察着黑压压的一线天空。有关部门已经发出了蓝色预警，他在电脑上看到了弹出的特大暴雨的警示窗口。偶尔有行人的大腿在他一尺窗外急急飘过，他恍惚听见了淙淙的水声，仿佛那些腿都蹚在湍流中。

雨是在黄昏的时候从小到大慢慢下起来的，大约到了晚间九点，随着从酒店下班归来的念语走进他们租来的"家"，天空这才像预警那样瓢泼倾盆起来。夏子骞和念语说起雨的事宜，但念语一句都没有附和，她甚至都没有洗漱，而是茫然地脱掉身上湿漉漉的衣服，直接躺在凌乱的小床上，宛若慷慨就义一般。

夏子骞也躺倒在小床上，他本以为念语是恐惧的，但是念语推开了他拥过来的身体。于是夏子骞关掉了电脑，闭了灯，睁着眼睛躺到黑暗里，骇然的雨声混合着念语有点粗的呼吸声，他看见了自己的家乡皇亲镇，看见了依山傍水的镇高中，看见了校园北面的苎秆河，看见了苎秆河北面缓缓的山坡，以及山坡间辽阔的棕褐与黄绿相间的野生沙棘丛林，他看见了平坦的山顶上那个曾经给他带来无数憧憬的美丽的沙棘枝小房子。但是这之后，夏子骞什么都看不清了，对了，似乎总是有两串很深很长的脚印在他眼前逶迤，跟跄……

一不小心，他跌出了惴惴的梦境。

正如夏子骞所担心的，他醒了，他漂起来了，漂在有点汗馊、有点尿骚，又有点土腥的肮脏而杂乱无章的水面上。那一尺窗口已经出现了朦朦的光亮，他不知道那到底是路灯的光还是黎明的曙光，换句话说，他不知道那一刻大约是什么时间。他听见了整个地下室通道里此起彼伏的喊叫声，快跑啊，发洪水了，再不跑就可能没命了！他找不到可以给他提供时间的手机了，它一定被淹没在水里了。他迷迷糊糊地看见了拖鞋、脸盆儿、塑料漱口杯以及其他个别衣物随着缓缓的水流在狭窄的房间里慢悠悠地打转。他哗地站直身体，立在地面上，水已差不多到了他膝盖的位置，此时神志似乎才全部清醒。他惊恐地寻找着念语，其实他用不着寻找，他站起来的同时已经看到一个白光光的身体正直挺挺地立在角落。他疑惑她为什么不出声？为什么一点都不惊惧？只是一只手臂扶着墙，漠然地看着他，看着眼前所发生的一切。莫非她是被这突如其来的灾难给吓傻了？

夏子骞扑向床铺，他柔声地呼唤她："念语，来，别怕，慢慢走到床边来。"他把脊背转过去，向后伸出自己的双臂，并用回望的目光鼓励她。显然他是准备背着念语尽快逃离这危险的场所。但是念语没有听他的，念语的视线开始在水面上四处搜寻，如此危在旦夕的关头，她在搜寻什么？夏子骞越发地疑惑。

很快，念语从水面上捞起一件 T 恤有条不紊地穿在身上，接着她抓住一条牛仔短裤，直到一切穿着完好，她才慢条斯理地蹚着水走向门口。她没有理睬夏子骞，而是一个人划向门口，摸索着拉开门，然后静静地走进了通道。

夏子骞完全呆了，直至通道里念语的划水声渐行渐远，直至最终消失，他才如梦初醒。"念语——有危险——"他激动地大声喊了一嗓子，哗哗地追了出去。他追上了她，搀扶着她走出了地下通道，来到大街上，他安慰了她几句，正准备重返地下室，念语突然哼地冷笑了一声："去吧，快去吧，快把你的那些财物抢出来，像你的电脑、手机、鞋子、衣服……这些东西好像很值钱哦，哎呀，对了，还有你的银行卡，如果我没记错的话，那上面差不多有三千元，那可是你三年来积攒的财富。"

夏子骞咯噔一下止住了脚步。他发现念语此时的脸除了冷漠，还有鄙夷和失望，不，是绝望，是对夏子骞无限的绝望。

他的心倏地疼痛起来。

他们默默走进沙棘丛，念语在前，夏子骞在后。这情景有六七年没有发生过了，嗯，应该是六年半前。夏子骞想起他们读大二的那年暑假，那是临近开学的前一天，当时漫山遍野的野沙棘正接近成熟期，山坡平缓，杂草葱翠，丛林繁盛，褐绿色的嫩枝密密麻麻地挤满了橙黄色的小沙棘，几乎把下面的枝丫坠到了地上。夏子骞无法记清他们究竟来到这里多少次了，但是每一次他都觉得像第一次，他总是激动不已。

他会折一把嫩枝，瞬间编就一顶环帽，轻柔地戴到念语的头上，或者摘一大把肥美的沙棘果，待两人坐下来时，一颗一颗地送进念语的口中，当然有时候，他也会用自己的嘴巴送上去。

成熟的沙棘果大多是棕红或黑褐色，果实圆球形，直径五毫米至七毫米，肉厚，油润，味甜而微酸，不过若赶上尚未成熟的时候，譬如上面所说的橙黄色的小沙棘，则不仅很酸，而且有点涩。那个暑假，夏子骞依然摘了很多果子，虽未完全成熟，但夏子骞却一直都觉得很甜，念语也觉得很甜。他们你喂我一颗，我喂你一颗，总会一路甜蜜着走向他们的沙棘枝小房子——那是夏子骞为他们的将来所勾画的一个"家"，他称小房子为他们的大 *HOUSE*，大 *HOUSE* 前面围绕着沙棘枝插就的篱笆，篱笆院内还有一台小轿车，当然只不过是一块形如轿车的小石头。他们总会拔一拔小房子和篱笆院周围的杂草，最后夏子骞必然会双手拿起小房子里那块刻有念语的石头，把它放到嘴巴上用力亲吻，他对那块'念语'说："亲爱的老婆，我一定会让你幸福的！"

这天是腊月二十七，深冬的黄昏，凄凄艾艾的荒草覆盖了整个山野，不时羁绊着两人缓慢的步伐，光秃秃且灰黑色的粗糙沙棘老枝在彻骨的冷风里发出阵阵的哀鸣。夏子骞不说话，念语也不说话，仿佛他们这辈子的话早已经在这几年中全部说净了。念语的目的似乎只有一个，那就是取走代表她的那块小石头。那么夏子骞呢？夏子骞不知道自己干什么来了，是最后再陪念语一次？是必须要例行这个仪式？这有什么意义？或者还有这个必要吗？夏子骞已经不会回答自己，他的脑袋依稀已被冻成一块毫无生机的山石，宛若一只木偶，机械地尾随着念语。

　　两人终于走到了山顶，此时夜色也悄然而至，他们居然看不清他们小房子的方位了。六七年的岁月让他们对脚下的山顶已然有些陌生，在众多相似的陡峭壁石中，他们甚至都无法立刻分辨出哪块才是为"家"遮风挡雨的"靠山"。他们开始睁大眼睛左右寻看，还好，他们想起来了，他们模模糊糊地看见了那块壁石，朝它走过去。但是小房子的原貌早已不复存在，它已经坍塌了，几乎被野草覆盖。

　　按理说，小房子是非常结实的，虽然每年都遭受着风雨的侵蚀，但也不至于短短的六七载就破败成如此模样吧。但夏子骞已不再理睬这个问题，他看着念语猫下腰，看着她的手探进坍塌的小房子，看着她塞塞窣窣地摸索，直到她握住一块东西默默地直起身来，他知道她一定是摸到了那块代表她自己的石头，是的，只要那两块代表她和他的小石头还在，她就一定能抓到。

此时夏子骞的心竟莫名其妙地颤动了一下。他奇怪他的心居然又会颤动了。接下来的动作就更令他奇怪，他竟然从后面突然抱住了她，而且他还听见了自己咚咚的心跳声，他和她之间早就没有了心跳啊！？但是念语选择缓缓地掰开了他的手臂，她默默地转身，然后默默地离去。

夏子骞倚在那块陡峭的壁石上，望着念语渐渐消失在越来越浓的夜色中。他虽看不见远处的茎秆河、校园以及那古老的皇亲镇，但是他知道那些地方一直都流传着他和念语共同制造的童话般美丽的爱情故事。他久久地倚在壁石边。

他与壁石融为了一体。

二

是的，夏子骞的爱情在富甲一方的皇亲镇几乎是家喻户晓。皇亲镇拥有人口约三点五万，在如此众多的人中，他们大多都熟知夏子骞，熟知夏子骞是个贫二代，熟知他蜗居在长长的总督府大街西半段的老猫胡同里，熟知他当年是镇高中的高考状元，熟知他毕业于北京的中央财经大学……人们当然不会忘记同样出色的念语，对于端庄娴淑、空谷幽兰般的念语与夏子骞分手的事实，人们丝毫没有责怪，除了多多少少有点不信和惋惜之外，更多的人都给予了最大限度的理解。是呀，离开他就对了，听说两人大学毕业后就一直在北京漂着，到处租地下室住，有时候还露宿在地下通道或立交桥下面。诚然，人们丝毫没有嘲笑夏子骞的意思，人们只是觉得，分手对于两人来说未必是坏事。不是有那么一句话嘛，塞翁失马，焉知非福。念语后来的情况人们已无从知晓，但是夏子骞人们都一直看在眼里。如今的夏子骞差不多每半个月都要从市里回家一趟，人们目睹着他的宝马轿车威风凛凛地开进青石板铺就的总督府大街，整个皇亲镇无人不羡慕、咋舌，纷纷感叹，活该这小子命好，原来邹苡莲也早就暗恋他了。

邹苡莲是不是早就暗恋他，这只是人们的一种推断。而且早到什么时候？是小学还是初中？根本没人能说清楚。人们亲眼看到或亲耳听到的，是落魄到最低谷的夏子骞自从成了邹苡莲的未婚夫后，就迅速地光鲜起来。

首先，他有了非常稳定的工作，虽然那份工作的地点并不在很多大学毕业生都趋之若鹜的北上广，但作为本市招商局的一名公务员，也还是有很多年轻人垂涎三尺的；接着他有了车，那可是无数人连做梦都不曾摸过的价值近百万的宝马；另外还听说，邹苣莲还在本市的江南区，以夏子骞的名字在一个叫山水庭院的小区购买了一套依山傍水的大别墅；还有传闻，说若不是夏子骞的父亲，那个每天都轰赶着一群臊气熏天的羊癫老夏不愿意改变牧了大半辈子羊的习惯，邹苣莲早就把他安排进苣莲乳制品公司了……可见邹苣莲对夏子骞的感情要远胜于念语，不然怎么会下那么大的成本来讨好他？而且这一切都发生在念语取走那块"小石头"后的短短数月内。短短的两三百天，她怎么能对他用情如此之深呢？

　　当然人们的推断并不仅基于此。在晚间一堆儿一堆儿的"街会"上，人们常常会议论类似的新闻，这是古老的皇亲镇人一直就沿袭的习惯。除了寒冷的冬季，人们总是在晚饭后走出家门，一拨一拨群聚于总督府街边，席地而坐。夏秋两季，还能看到一缕缕浓烟袅袅升腾，那是人们专为熏赶蚊虫而特意燃放的野蒿草。人们围绕着缕缕烟雾，闻着满大街到处弥漫的酽酽的野蒿草气息，喋喋不休地争论着国家大事，不过更多的还是相互言说镇上的新闻。

　　在言说邹苣莲和夏子骞的故事时，不乏有人做出了上面的推断，说邹苣莲一定是早就喜欢他，这根据很简单，因为她一直都在关注他，不然怎么在念语与夏子骞分手的第二天早晨，她就那么快前去找他要账了呢？有心的人稍加分析便知，要账是借口，故意找人家上门搭讪才是真正的意图，要知道那五万元的欠款，据说还是夏子骞上大学时欠下的，为什么这么多年来一直不要，偏偏等到夏子骞孑然一身时便立刻现身？而且两人的关系据说正是从那个腊月二十八开始飞速发展的。

不过也有人提出了质疑，说也许是巧合呢？毕竟那钱是当年邹苡莲老爹借给瘫老夏的，后来，邹厂长出了一场车祸，脑袋受了伤残，一时间忘记了，而这几年随着身体的慢慢恢复才终于想起来。但是紧接着又有人提出了另外的质疑，就算那不是巧合，可是邹苡莲又是怎么在短短一夜间就得知念语取走了那块"小石头"呢？要知道那几个月，镇上虽然一直在流传夏子骞和念语可能会因为生活窘迫而关系破裂的传闻，但只要念语还没有最终拿走那块"小石头"，就不算是真正的破裂。莫非邹苡莲和夏子骞一直保持着电话联系？哎呀，该不会是夏子骞通知邹苡莲的吧？

人们猜测得很准确，正是夏子骞通知的。

那晚，夏子骞与壁石融为了一体，他不记得他在那里待了多久，后来他倚累的身体不知不觉坐在了壁石边。他一边努力回忆，一边仔细分析，回忆小学、初中、高中，在校园、在教室或者在总督府大街上，邹苡莲与他相遇的每一次细节，细到每一个面部表情，哪怕是细微的肢体动作。

夏子骞已经是第二次如此缜密地回忆这些东西了。第一次是在拿到中央财经大学录取通知书的那个暑假，一个长期赋闲在家的聋哑母亲，一个只知道牧羊的瘸腿父亲，如此三口之家，经济的拮据可想而知。瘸老夏当时几乎借遍了所有相识的人，那些日子，老猫胡同里的人经常听到整日圈在羊圈里的羊饿得咩咩乱叫。

　　那是某天的午后，瘸老夏在自家的院子里苦思冥想，不过他再怎么想，也还是找不出可以厚着脸皮去借钱的人家了。他一面看着已经明显消瘦的羊，一面掰着长有老茧的手指盘算，正在他最终咬牙决定要卖掉二十只羊时，夏子骞突然出现在瘸老夏的身后。夏子骞给老爹出了个主意，他要他在晚饭的时候去在乳制品厂工作的邹厂长家。那时候邹家的产业还远没有如今的规模。他特意叮嘱老爹，一定要赶在邹厂长的独生女邹苡莲在场时才能提出借钱的事，而且一定要提是他夏子骞在借这个钱。瘸老夏当然不知道儿子的心机。夏子骞正是通过那第一次的回忆和分析，而得出了准确的判断，他认为邹苡莲的心里一定非常地崇拜他，且一直在默默地暗恋他。

　　不过那些事毕竟很久了。

　　那时候的邹苡莲毕竟还太小、太纯、太萌、太天真幼稚。谁都知道，在高中阶段，会跳舞、唱歌的男生很受女生的欢迎，而夏子骞作为镇高中的状元和校篮球队的主力，招来不计其数的示爱者，自然也不足为怪。那么离开校园后呢？夏子骞继续努力地回忆。但是任凭他怎么回忆，都无法再搜罗到有关邹苡莲的哪怕是点滴模糊的影像了。什么都没有，当然就无法推断。

夏子骞有点沮丧，但是他没有气馁，他继续更加努力地想，想他上大学后每一次回到皇亲镇上的时时刻刻，第一年的寒假，大二的暑假……唉，好像才仅回来过三次，而且除了第一年春节在家里待满了整个假期，其他两次似乎都没超过十天。唉，你怎么就不多回来几趟呢，而且干吗一回来就把自己关在小厢房里？有念语的日子和她卿卿我我，没有念语的日子你干吗非玩那些无聊的破网游？你为何不到总督府大街上多转转，或者干脆到苡莲乳液公司外走走呢？该！活该受罪！活该一辈子受穷！

想不出曾与邹苡莲的任何联系和影像后，夏子骞开始懊恼地骂自己，他骂自己是个贫二代，骂自己生不逢时，骂这个社会。后来他居然骂起了邹苡莲，他骂邹苡莲长相难看，没有一点女人的感觉，骂她其实是仰仗着富二代才有了现在的乳液公司，骂着骂着，夏子骞突然来了个反向思维，唉！既然从未联系过，那是不是说明她心里还期待着？或者幻想还没有完全破灭？否则她为何迟迟不追讨那五万元欠款？这令夏子骞陡然激动起来，他嚯地一下弹起来，来回迅速地踱步，又猛地停下，他屈起冰冷的左手食指，轻轻地敲击着冻得有点发木的脑门，挑战一下？必须挑战一下！机会本来就是可以创造的嘛！说不定我迈出了第一步，剩下的九十九步她就自跑来了。

夏子骞此时含义模糊地哼了一声，他果断掏出了手机，打开通讯录，开始翻找邹苊莲的名字。这许多年来，虽然曾数次更换手机，但是他记得邹苊莲这个名字一直都被保留着，没有丢失。果真很快就找到了，不过这个号码还是他爹当年前去邹家借钱时跟她要的，夏子骞当时只是发过一个表示感激的信息，而邹苊莲也只是礼节性地回了一句"不必客气！"的短信。那么如今这个号码是否还被她留用呢？唉，管不了那么多了，一定要试试了，于是，他摁下了呼叫的信号——呦，还真的通了！

三

但是，并非完全像皇亲镇"街会"上传闻的那样，夏子骞成了邹苊莲的未婚夫！事实上，两人私下里的关系一直都没有进展，更别说未婚夫，这也正是夏子骞心知肚明并久久纠结的地方。夏子骞爱邹苊莲吗？当然不爱！但是夏子骞必须要经过不断的努力，力争使自己慢慢爱上她，起码在经过千方百计地努力后，逐渐做到不讨厌她，用夏子骞经常警醒自己的一句话来说："人家对你那么好，你不能总是对人家没有丝毫的感觉吧！"

我们不能冤枉了夏子骞。现在，他的爱情观在经过了念语事件后，在很多人眼里已变成了赤裸裸的现实，但他并没有打算在利用感情获取各种裨益后，再想办法将邹苡莲甩掉，相反，他一直都在不断努力着，他真心打算和她步入婚姻的殿堂，执子之手，与子相偕。也许有人会说："既然如此，那还不简单，就装呗，反正又不是装不出来，只要装出很爱很爱她的样子，一切都让她满意，不就万事大吉了？"夏子骞当然有过如此的尝试，他何尝不想与邹苡莲发生身体上的接触？但是从腊月二十八的早晨一直到今天，莫说相拥相吻，两人愣是连手都没有拉过，连夏子骞都觉得有些不可思议！

他不止一次地分析过缘由，自己这方面的因素——譬如没有感觉，没有冲动，这是在所难免，不过这绝不是最重要的。那么最重要的究竟是什么呢？是自己胆子太小吗？呵呵，这怎么可能，不管怎么着他夏子骞也算得上是一个名副其实的"过来人"了，做这样的事不说经验丰富，倒也可以称得上轻车熟路了。是没有环境？这还需要什么环境？老猫胡同，他的小厢房里，或者苡莲乳液公司总经理的休息室内，再或者山水庭院那个依山傍水的大别墅中……难道这些只有两人世界的地方不行吗？莫非是缺乏浪漫的氛围？那个大别墅还不够浪漫吗？

拉开宽大的落地窗帘，眼前可是数百亩碧波荡漾的翠灵湖以及如同笼罩着一层青纱的影影绰绰的远山，完全可与仙境媲美。

如果提到小情调，那夏子骞可以称得上是用心了。皇亲镇与小城之间大约有百里的距离，通常有两种路径可以选择，一是宽阔的省道，二是蜿蜒曲折而又幽静的茎秆河东岸。若邹苡莲随行，夏子骞必定选择后者，不为别的，就为了僻静，沿途没有几个村庄，也遇不到多少路人，除了沿岸十几米宽的诸如白杨和垂柳等各种树木的林带，远远望去，便是连绵无尽的绿油油的庄稼；而另一侧则是淙淙流淌的茎秆河，以及河面上偶尔划过的一只渔船和不时掠过的唧啾啼畴的各色水鸟。

堤岸上的沥青路面较窄，路况也不是很好，夏子骞这时总是开得很慢。不过即便路况好，他也不会开快。他会把左手悠闲地搭在方向盘上，除了挖空心思寻找话题外，便是不时地回转头颅，向坐在后排的邹苡莲看上几眼。当然有几回，自然也是他精心设计的，他曾经把车停在半途的小沽码头，邀请邹苡莲下车。小沽码头并非是真正的码头，只是临近堤岸的一个村庄，但这里的堤埝建设着一座名叫"八百泵"的扬水站点，因此其内侧砌着满坡洁净的石头，且水面上常常停泊着十数只小渔船。夏子骞眼前曾无数次播放过这样一个桥段——他拉着邹苡莲肉肉的手，也许邹苡莲会有些羞怯，手可能会微微地颤抖，或者因汗液而光滑，这样他便有理由紧紧地抓着她，缓缓走向河边。那些小渔船只是分别被一根铁链套在石坡的铁钎上，这是他早就侦查过的，所以只要拿起那根铁链登上小船……这时的镜头已经十分清晰了，邹苡莲微黑圆润的脸上泛起阵阵的酡红，不断真真假假地婉拒着，被夏子骞搀扶着带上小船，船身开始剧烈地摇晃，邹苡莲连声惊叫着，一个趔趄扑倒在他的怀里……

但是很可惜，这样的桥段一直都没有出现，夏子骞常常为此感到恼火。他不仅发自己的火，也发邹苡莲的火。自己的笨拙显而易见，明明只要每次跑到了后门儿那，替她拉开后门时顺势握住了她手，挽住手臂下车，一切不都顺理成章了吗？但为何你伸出的手在邹苡莲即将下车时却突然改变了方向，还垫着上方的门楣？这动作不是属于专职司机或下属的吗？你夏子骞做出来绝对有下贱之嫌！你在她面前下贱干什么？你可是状元，是皇亲镇凤毛麟角的重点大学毕业生，她有什么资格在你面前装来装去？看看她那副"不顾一切"的样子，还总是坚持坐在后面，大概是害怕自己的长相吓到了相向而行的路人吧。最可气的是下车后，不知是不是有意，老是走在前面，并偶尔伸出胖手指四处指指点点，分析说明。那样子哪里是情侣在野趣？俨然是领导或公司老总在考察，并时刻讲着自己的心得，指点身后的随从或秘书回去后写一篇可行性报告似的。弄得夏子骞心里没有一刻不是堵堵

151

的,他哪还有情趣邀请她登上河边的小船?夏子骞只剩下诺诺地尾随,弱弱地附和,直到邹苡莲感到某种尴尬已经充斥于两人之间,并越来越浓时,两人才默契地回到车上。

接下来车速总会很快。

而率先打破僵局的往往是邹苡莲。不过邹苡莲仿佛是那种先天情商过低的女人,她要么询问招商局的工作还适应吧,要么询问他一个人在山水庭院生活孤寂吗,像上级关心下属,或父母惦念儿女那样。这样的问题及问法,夏子骞能回答什么,自然拉不开话匣。他往往说,还行,没事儿,他属于宅男型的,适合一个人独处。因此夏子骞总需要一定时间来自我调节,才能慢慢从之前的压抑中缓解过来。故而冷场常常在茎秆河东岸持续相当一段路程。

不过缓解过来的夏子骞能马上醒悟自己的责任和义务——他要爱上她,起码不能讨厌她,所以他一边在心里狠狠批评自己,一边立刻转换成停车前的状态,不,他会比那会儿回头的频率还要高。他用讨好的笑布满整张面孔,尽管骨子里在不停地恶心。他遴选着话题,有一部分话题是绝对禁忌的,比如沙棘、沙棘果、沙棘枝、沙棘丛、沙棘林等,甚至他的大学生活和他大学毕业以后的经历最好都不要碰及,避免邹苡莲产生关于念语的联想,反而刺痛了她。也就是说,最好少谈他夏子骞的事情,虽然邹苡莲看上去很感兴趣。但夏子骞早有所觉察，她更感兴趣的似乎是她自己，比如她御姐一般的造型。

是的，邹苢莲早不是那个青涩害羞的高中生了。虽然她仍旧粗腿、粗腰、嘴唇外翻和洼兜脸儿，但较大的脸庞看上去比印象中小了许多，且更白皙了些，胸也不知真假地高耸起来。而变化最大的要属她从头到脚的装扮以及她的气质了，为此夏子骞不知暗暗庆幸了多少回，他庆幸自己第一次得亏没冒冒失失地吩咐人家见面，而是耍了个小心眼，说商谈还钱的事宜，如果方便就前来老猫胡同或者他去她的公司一趟。

那个早晨，完全是礼节性的，夏子骞迎到了老猫胡同外，他看见了一个特有御姐范儿的女人站在一辆珍珠白的新款的雷克萨斯前。他一面不紧不慢地走，一面惊讶着，这么豪气的车怎么会出现在冒着穷气的老猫胡同口？难道她就是邹苢莲？不对呀，邹苢莲应该比她胖才是，莫非几年不见邹苢莲瘦了？唉？眼前的人好像并不算瘦哦，只是宽松皮草领的群摆式呢子大衣配上黑色的高弹紧身裤，使她看上去略显纤瘦而已，而脸嘛——嗯！是了，是齐肩内卷的波波头发型加上额间整齐顺直的刘海儿，为她起到了瘦脸的效果。没错，正是她了，别人怎么会大清早专门跑来这里且一直专注地望着他呢？

夏子骞不由自主地加快了步伐。来到近前，他本想说："苢莲，你好！"但话一出口，舌头竟忽然回缩了一下，竟发出了："邹总，您好！"

"你好，子骞！"邹苡莲则落落大方，外翻的嘴唇向两侧拉得平直，展示出友好而自信的笑容。

"您好，邹总！"夏子骞重复了一遍，他下意识地将两手交叉到腹前搓了搓，似乎欲伸过去和邹苡莲握手，但最终还是垂了下来。"邹总，没想到您会这么早……"夏子骞已不知所措，他低下头去，用鞋尖儿随意地剜着街边石缝中的一根烟蒂，"邹总，您看，我……"夏子骞竟奇怪地嗫嚅起来。

"哦，子骞，你怎么了？你不会就和我在大街上谈事情吧？"

"噢噢，不好意思，我……呵呵，邹总，您跟我来吧。"夏子骞把邹苡莲带进他朝东的小厢房，随手打开饮水机，见邹苡莲还在身后站着，脸窘迫地红了起来。是啊，顶多也就十平方米的一间简陋的小屋，除了饮水机和一副破烂的电脑桌椅外，就是他凌乱的单人床了。他慌乱地收拾了几下。

邹苡莲依然落落大方，她坐在床铺边沿，将华丽精致的迪奥手袋放在身旁，解开领口的第一个纽扣，素净优雅的毛绒内衬与同样素净优雅的高领毛衣霎时凸显出一个时代女人的高贵、知性的气质，超强的气场如同冲击波一样，把夏子骞逼迫得连连后退，如果不是担心黑黢黢的墙壁太脏，他几乎要靠在墙壁上了。

"邹总，其实……其实我……那钱……"夏子骞连续咽下几口唾液，右手紧抓着桌沿，连续深呼吸了好几次，这才稍稍稳定住一点儿心神，"邹总，您知道我和念语的事情吧？"

　　"嗯，知道一点儿。"邹苡莲轻轻点头，她一直注视着他，外翻的双唇始终拉得平直。

　　夏子骞观察了一眼邹苡莲，继续说："我们分手了，就在昨天，昨晚她取走了沙棘枝小房子里刻着她名字的那块小石头。不过我一点都没怪她，邹总，不怕您见笑，几年的拼搏，我没能给她带来任何物质的东西，所以严格地说，应该是我对不起她。邹总，其实我跟您啰唆这些事情，是想跟您说，那五万块钱，实际上……到现在……我根本……不过，邹总，您看这样好不好，我虽是学的汉语言文学，但毕竟毕业于中央财经大学，您若觉得我还堪用的话，可不可以在您的公司给我安排个职位，这样我便可以一点一点还清您的钱了。"

　　夏子骞一口气将打了无数遍的腹稿通通说了出来，他终于顶住了来自邹苡莲的强大冲击波开始注视邹苡莲了。但是邹苡莲脸上除了一直保持的平直的外翻双唇外，再也寻不到任何蛛丝马迹的变化，就这样，两人相互注视了几十秒。还是邹苡莲率先打破了沉默："子骞，这样吧，我的公司不太适合你，会耽搁你前程，你自己也准备准备，我建议你考个市机关的公务员吧。"

四

在总督府大街的街会上，如果提到老猫胡同瘸老夏家，尤其是提到他的儿子夏子骞，皇亲镇高中苑老师的母亲苑八婆是最具发言权的人物了。这还不仅是因为苑老师曾经做过夏子骞的班主任，更是因为苑八婆也住在小厢房里，且她的小厢房恰巧正对着夏子骞的小厢房，中间只隔着夏家不大的院子，只要她站在自己的土炕上，透过玻璃就可以一览无余地窥到夏家的全景。只是很可惜，不管别人如何百般鼓动，身为晚间街会的常客，一向爱说的苑八婆却很少透露夏家的第一手信息。

据传，这并非是夏子骞的母亲——那个又聋又哑的女人也经常列席会议的缘故，而是因为她儿子苑老师时常严厉叮嘱，禁止她在那种耳目繁杂的场合参与那些流言蜚语。是，街会绝非什么好会，即使数月恐怕也很难能听到一件正经事，他们除了没完没了的争论与争吵，更多的便是插科打诨和骂街。

聋哑女人几乎场场不落地列席会议，苑八婆早就注意到了，她甚至归纳出，大约有两次发生了如此现象，第一次就是她儿子夏子骞考上中央财经大学的那一年，第二次则是全镇首富邹苡莲和她的儿子"明确"了关系。

苑八婆曾仔细地观察过，众人大多席地而坐，或坐在高粱叶子编就的蒲团上，而聋哑女人却总是拎出一只高脚木凳，她从来不往人堆里扎，只是安静地坐在外围，从不咿咿呀呀地发声。但不管是谁说话，她都会目光炯炯地盯住对方，而一旦会场上有人提到了她儿子，她的腰板便会奇怪地高高直直地挺起来。每当这个时候，苑八婆就会惊疑起来，是她多多少少能听到些？还是因为一个母亲对儿子的一种异于常人的直觉呢？母凭子贵在她身上体现得可谓淋漓尽致啊。

众人可没那么细心，他们该议论议论，该争吵争吵，该说谁家就肆无忌惮地说，更不会把一个聋哑女人的情绪放在心上。譬如，金秋十月的某个晚间，忽然有人提到了近期镇上的连续十几桩婚姻，人们一下子就联想到了夏子骞和邹苡莲，由此，关于夏家的谈论霎时被一层层地铺展开。

首先有人怀疑地提问："唉，对了，要说两人年龄可不小了，而且一切条件好像也都成熟了，为何见不到一点要结婚的动静呢？"

"是呀，看见两人经常你来我往的，似乎关系已经很那个了。"

"可不是，听说两人早已在他们市里的家一块儿过上了。"

"你们知道什么？邹家的产业有多大？人家也许是等先怀孕，生下了孩子才结婚，如果夏子骞不能使邹苡莲产子，那么大的产业无人继承岂不可悲？"

"邹苊莲哪能随随便便就嫁给他？哼，别说了，别说了，我看你们都是在瞎猜，他们俩确定关系才多久？和念语分手才多久？如果论长相，邹苊莲哪能和人家相比？夏子骞心中必定有伤，邹苊莲是在给他时间充分疗伤，伤不愈肯定无法结婚啊。"

　　"胡扯，胡扯，你们说的都不对，依我分析，也许夏子骞压根就没打算和邹苊莲结婚，夏子骞什么条件，多帅多有文化，邹苊莲充其量就是一个土财主，谁敢保证他不是在利用感情来骗取邹苊莲的财产，说不定他和念语分手都是假的，也许是两人事先定下的计策哪。"

　　"嗯，有点意思，有点意思，我认为这话多少有点靠谱，不知大家看没看过浙江卫视的《爱情连连看》，电视里说了，夏子骞这种人都被人叫作'凤凰男'的。什么是凤凰男，顾名思义，就是'山沟沟里飞出的金凤凰'，指的就是那些出身贫寒，几经辛苦考上了名牌大学，毕业后留在城市工作生活的男人。他们因为经历过生活的艰辛和残酷，普遍都特别能吃苦头，但这些人骨子里却极其讨厌农村女孩，他们只钟爱'孔雀女'。什么是孔雀女，我看网络上是这样定义的，就是在父母的溺爱之下长大，从未经历过大风大浪，经常会撒娇发嗲的城市女孩。所以啊，夏子骞即使是没有伤，也永远不会喜欢邹苊莲的，他是在一直等待某个从天而降的孔雀女哪。哎，八婆，你说说，你有什么新发现没？我分析的对不对？"

"对，八婆，你说说看。"

八婆她不敢说啊！

苑八婆一直盯着聋哑女人，她发现聋哑女人的目光在路灯下不仅炯炯发光，而且视线转换得神速且准确，大体是根据谁的嘴在动或者更多人的目光都投向谁来判断。譬如此刻，苑八婆的嘴虽未动，但是她看到她的视线已经随着众人的视线准确地落到了她的脸上。她移开与聋哑女人对碰着的目光，直接面向问自己的那个人。她心想：说就说，有什么了不起的，别人的话她听不到，我的话她一样听不到，绝不会像自家儿子说的那样，给他惹是生非。再者，总督府街会本来就是个自由随和的场所，过去还没听说过有谁会把这里的闲扯太当回事儿，今天想必也不会。

她看着那个人，说："你很想听？"

"对呀，八婆。"

她又扫一眼众人，说："你们也很想知道？"

"是呀，快说吧，这老太太还挺会卖关子。"

苑八婆这时得意而倨傲地清了两下嗓子："咳咳，你们刚才说什么？结婚？谁跟谁结婚？夏子骞和邹苡莲吗？真不知道你们是怎么想的，他们俩怎么会结婚呢？即便是结婚，那也是夏子骞和别人结婚，而绝不会是邹苡莲。"此言一出，场面立刻热闹起来，啊！这到底是怎么回事？

"咳咳，咳咳。"见大家都惊愕得好半天说不出话来，苑八婆又清了几下嗓子。

最先询问的那个人忽然哈哈哈地大笑起来："我说八婆，您老人家可真逗，全镇几万人，大人小孩都算着，谁不知道人家是在搞对象？他不跟她结婚，那您说，他跟谁结婚？难道还是那个念语？我看您老纯粹是在逗大家玩，是不是？八婆，您要是没有证据，这玩笑可就开大了，一台车，一幢别墅，一份前途无量的工作，少说也得三四百万搭进去了，难道邹苊莲像她老爹一样傻了？"

苑八婆不作声，她偷偷地乜斜了一眼聋哑女人，聋哑女人的眸子比头顶的路灯还要闪亮，冲她投来异样的眼神，她内心不由得悸颤了一下，不会真给儿子惹是生非吧？她试探性地大声叫了一嗓子，"子骞妈！"聋哑女人没有新变化。"哎，我说你儿子和邹苊莲结不了婚，你说是不是？"她依然没有新变化。

终于有人耐不住了，嚷嚷着说："八婆，您就说吧，她一辈子都听不见声音，这会儿更不可能听见的。"

苑八婆还是不说，她开始支支吾吾起来："要不……要不我看还是算了，还是别说了，其实……其实那也算不上什么新发现，只是我的一种直觉。"

160

"嘿，我说老太太，您还懂得什么直觉，那您说说，什么是直觉？"

"直觉就是一种特殊的感觉呗。"

"呦，您还真行啊，那您总还得有其他的直觉吧。"

"其他的直觉，这个当然有了，"她最后直视了一眼聋哑女人，往前挪动了一下蒲团上的屁股，声音下意识地压低了些，"我的直觉是，这件事也许会走上一场官司，说不定还会闹出人命来。"

这简直是石破天惊！

会场一下子鸦雀无声了，谁都没有料到苑八婆会说出如此耸人听闻的猜想。苑八婆是个一向不爱八卦别人家事的人，但今天她严肃认真的表情也不像是在打诳语。大家平日看在眼里的，一直是两人你来我往的和谐，莫非这苑八婆真的通过她的小后窗，看到了不为外人所知的隐情？而此刻这隐情就如同一根尖尖的小羽毛，一下一下地刮弄着每个人的心尖儿，令大家欲罢不能。但是这苑八婆显然绝不会再说什么了，从她脸上也揣摩不到任何结果，于是大家几乎不约而同地将探寻的目光移到聋哑女人的脸上。

更加突兀的事情就在这时爆发了。大家看见聋哑女人忽然站起来，猛地举起了身下的高脚木凳，她不仅咿咿呀呀地乱叫着，还向坐在蒲团上的苑八婆袭击过去。由于始料不及，大家谁都来不及拦住她，眼见一场惨烈的祸事即将发生。殊不料，老胳膊老腿儿的苑八婆居然像臀下安装了弹簧一样，嗖的一声跳起来，其敏捷程度简直酷似一个少女。

苑八婆开始围绕着人堆转圈，聋哑女人则擎着高脚木凳不依不饶地追逐着。总督府大街的街会上发生了第一次因为相互间毫无禁忌的乱语而引发的战争。不过，如梦初醒的人们是不会允许这场战争发展到肉搏的，人们相继站起来，或一边阻挡着聋哑女人，一边不知所以然地劝诫，"子骞妈，子骞妈，你停下，你怎么了？八婆她没说你！"或给已乱了方寸的苑八婆支招儿，叫她赶快逃离此地，逃回家去。

五

八个月了，整整八个月了，夏子骞自问，他不但没有爱上邹苡莲，甚至他讨厌她的程度，都要远胜于当年那个懵懂害羞的高中女生。他讨厌她潮人般的装束，讨厌她时刻做作的御女范儿，讨厌她高高在上的自以为是，以及由此给他形成的种种挥之不去的沉重压力，他更讨厌她在诸多事情上总是讳莫如深，从不直抒胸臆。更具体一点，他做不到不厌恶她那张微黑的洼兜脸儿，不恶心那双肉肉的手、那两片动不动就拉得平直的外翻嘴唇、两条大象一样粗的腿和那圆圆滚滚的腰……即便如此，他还必须得与她商量结婚的事宜。母亲经常边比画，边咿咿呀呀地催问："结婚吧！结婚吧！"看得出母亲对这个儿媳的满意程度已经达到了极限，邹苡莲给她带来了无上的光荣。可夏子骞心中的遗憾却一天比一天加重，只是不管多么遗憾，与她结婚都是夏子骞必须完成的使命，他时常在心里告诫自己。

其实结婚也没什么复杂，只要两个人你情我愿，其他一切都会随着时间的选定而顺顺利利地走过。可问题就在于这个"只要"，"我愿"没得说，夏子骞还有什么可说的。但"你情"——他早就混乱了，再也分析不清了，要说邹苡莲对他无情，那干吗要为他付出那么多呢？而至于其他目的，人家一个亿万富翁对你一个穷光蛋能有何索求？要说对他有情，可为何他已 N 次向她提出结婚，她却总是说："不急，再等等吧。"就连每次她离开他家的时候，临走出夏家的小院子，满脸堆笑的母亲，一边送行，一边费力地冲她比画，在弄明白母亲的意思后，她照旧还是那句淡淡地回答："不急，再等等吧。"

邹苡莲究竟在等什么？夏子骞委实不知，夏子骞问过，但他再问，她还是那句，"不急，再等等吧。"接着就摆出一副两片外翻嘴唇被夸张地拉得平直的表情，还不如那个高中女生，她害羞，她忸怩，她满脸洋溢着幸福，每时每刻都在向他昭示，她心里是多么爱慕你。而如今她的脸，除了自信就是讳莫，这让夏子骞如何去揣度出她的心思。

母亲是个绝顶聪明的人，夏子骞一直坚信他的高智商就来自她一个人的基因。几乎所有人都认为，母亲先天失聪，自小不会说话，也很少咿咿呀呀地向人表达，她就是个大傻子，或者起码是个半傻子。其实母亲那才叫哑巴吃饺子——心里有数。

母亲多年生活在皇亲镇，莫说自家的人，就算老猫胡同所有的人，甚至整条总督府大街的人，哪怕只是一眨眼，她就基本能判断出你心里在想些什么，她绝对可以根据你的表情加口型，准确领会你话语的全部内容。别人可能会鄙视他母亲，鄙视她傻，鄙视一个傻子还嫌贫爱富，还那么势利。可夏子骞却很尊敬他的母亲，母亲的观念没错，母亲一切都是为他好，一切都是为他着想，母亲是把自己儿子一生的幸福以及他们夏家将来所有的希望，都寄托在邹苡莲身上。夏家已经数代贫穷，数代都蜗居在狭窄潮湿的老猫胡同，单凭儿子一个人打拼，何年何月才能使夏家真正冲出这穷气缭绕的小胡同？但是以母亲的聪明，目前也一直看不出那个暂时给他们带来荣耀的贵人的脑子里究竟是怎么想的。相反，母亲还越来越感到某种莫名的危机正一步步朝他们逼来，显然母亲已不能给他提供任何有价值的指引了。

按理说，女人一般总比男人更容易弄懂女人心。可由于年龄代沟过大，母亲一时间参透不了邹苡莲。那么除了她，似乎仅剩下一个人可以帮他解开目前的困局，这个人便是念语。事实上夏子骞并不顾及向前女友探讨这类问题，他也深信她一定会很乐意帮助他，他只是担心邹苡莲，我前文说过，他在她面前有一部分话题——比如一切与沙棘有关的事物，都是绝对禁忌的，那么现在，他若与念语发生了直接对话，邹苡莲一旦知晓了，这后果也许将非常严重。当然，如果仅仅是在山水庭院的别墅里，偷偷用QQ与念语进行一番探究，然后删掉所有的记录和痕迹，貌似邹苡莲永远也不可能知晓。

但问题在于一个人的内心深处已经种下了某种恐惧，并已由此生成了一种怪病，而自己又全然不知。譬如现阶段的夏子骞，这种奇特的怪病就常常前来袭扰他，而一旦怪病来袭，他的身体就会发出微微的悸颤，并伴随着微汗。还有更奇特的，即眼前所有的景物都会随着怪病的发作而逐渐变得模糊。他曾上网查过此类症状，得到的回答是可能患有低血糖症，为此他谨慎地遵照医生的嘱咐，在医院做了血糖测试，空腹血糖4.8，是非常标准的数值。他还不放心地特意加做了心电图，心电图也非常正常。

这个周二的晚上，邹苡莲不可能来，他们之前通过电话，其他人更不会来他的别墅。夏子骞决定登陆QQ看看，如果念语在线，他就把他们分手以后所发生的重点事情以及个别细节全部说给她。念语的心智不亚于他母亲，所以他想，即使不能得到实质性的帮助，但一些有用的女生心理也许能使他茅塞顿开。于是匆忙吃罢晚饭，他就一头扎进了书房。

但没料到，当他的手刚刚一触动主机的开关，那种离奇的怪病就鬼魅般袭来。很快，他的手指开始无法控制地轻轻抖动起来，继而整个身体的肌肉都开始轻轻跳动。夏子骞这时只好闭上眼睛，连续做出数次深呼吸，直到感觉症状稍稍缓解了些，这才把手伸向了鼠标。他双击宽带连接，接着又双击了QQ，把光标移到了陌生人组。他记得念语的昵称早被他改成了刺猬裘裘，并特意隐藏在这里。果然他一眼就发现了她，哦，刺猬裘裘的头像是彩色的，她在线！念语正好在线！

但猛地，刚刚缓解的症状又加重起来。他几乎把持不住小小的鼠标了。他费了无限大的力气才终于将光标对准了刺猬裘裘。等他勉强点出刺猬裘裘的对话框时，夏子骞发觉自己已浑身湿透，与此同时，他的手臂竟无力地从电脑桌上滑了下来。他想打字，他很想问候一声念语：久违了，你还好吗？但是眼前的键盘刹那间模糊起来，夏子骞不得不挣扎着站了起来。

他想他必须要先休息一阵了，但他已看不清通往客厅和卧室的路径，他试探着向斜前方蹭出一小步，再蹭出一点点，他伸出颤抖的手，摸到了影影绰绰的墙，沿着墙壁开始慢慢向外挪行，他终于挪出了书房。他想象着沙发的方位，但已不敢继续沿着墙走，他怕碰倒沙发旁边的饮水机，或者不小心抓到饮水机的电门。他停下来小憩，大口地粗喘。他忽然想到了死亡，因为这一次的症状比以往都严重，不仅景物全部模糊，而且好像所有的东西都在和他开玩笑，上下翻转，飘忽不定。如果真的就这样死了，那么这栋别墅，还有外面车库里的宝马，它们还都能属于他夏子骞吗？邹苡莲能允许皇亲镇的一对平民百姓拥有它们吗？父母实属不易，双双残疾，只靠两亩薄田和数十只的羊群，大半辈子了，他们没有享受过冬暖夏凉的房子，没有尝过山珍海味，更不懂令人尊敬是什么感觉。不行，绝对不行，我绝对不能就这么莫名其妙地死了，远的地方也就算了，起码本市我一定带他们来，哪怕就一天一夜，我也要让他们住住这宽敞明亮的豪宅，给他们买几套体面的衣服，带他们体验一次星级酒店……

夏子骞蹲下身体，咦，情况依稀稍稍好转了点，他尝试着将身体再向下伏，他把双掌按在地板上，像狗一样冲向他想象的沙发方位，噢，这样真的好了许多耶，虽然看上去仍旧很模糊，可它们毕竟已不再上下翻转、飘忽不定了。夏子骞向前爬去，他爬到了超纤雪尼尔地毯上，看清了果绿色，感到了毛茸茸。但是他不能躺在地毯上面，因为躺在这里实在不雅，实在有损现在的身份。

他绕过水晶茶几，终于够到了沙发，双掌一用力，顺势仰躺上去。谁料这一躺，所有景物又开始上下翻转、飘忽不定了，整个别墅都仿佛被倒置过来一样。这到底怎么回事？夏子骞不敢怠慢，赶紧把身体翻转过来，趴在了沙发上。哇，还是这样舒服。他把头偏向左侧，观看几米外的影视墙，哦，真好！他都能看清影视墙上的紫色壁纸了，谢天谢地！他把头趸回来，连续在皮质的沙发上磕下几个响头，再看影视墙，真是令人骇然，他都看见壁纸上水仙花的金盏银台了。但千万不可大意呀——他叮咛自己，以免乐极生悲。他干脆双膝曲跪，双肘趴伏，把头抵在了沙发上，他自言自语地警告自己，要老老实实，就这样好好休息一阵。

　　不知过了多久，夏子骞忽然听到了脚步声，声音来自一楼，会是谁呢？你真二！还能有谁？除了自己，就只有邹苡莲才有这栋别墅的钥匙。一定是她，声音听上去较沉重，来突袭检查吗？明明说好不来的呀。她已经开始攀登二楼的楼梯了。夏子骞惊得一下子滚落在地毯上，他没敢站起来，也顾不得站起来，他依然采取前面那个像狗一样的动作，迅捷地朝书房里爬去。虽然邹苡莲不会猜到刺猬裘裘就是念语，但让她发现自己与其他女人聊天总不是一件妙事。

　　她已经到达二楼，夏子骞正好关掉对话框。他急忙站起来，慌乱地迎上去，只见来人胸前吃力地抱着一只大纸箱。原来不是邹苡莲。

不过这个人他也认识，在苡莲乳液公司见过几面，她叫幻珊，身材高挑，非常标致，据说以前曾做过几年时装模特，是邹苡莲特聘的生活秘书。夏子骞一下子傻了，怔在了原地。就连他的病症也在不觉间神奇地消逝。幻珊一边笑吟吟的，一边喘息着说："夏总，您怎么了？不认识我了吗？如果您不介意，就赶快过来搭把手吧。"夏子骞如梦方醒，机械地接过纸箱，小心翼翼地放在客厅的地板砖上，纸箱还在轻轻地动弹。他狐疑地看着幻珊，问："是什么？"此时幻珊的笑已明显夹杂了几分神秘，她说："您打开看看不就知道了。"夏子骞怯怯地慢慢扒开纸箱，喔，是一团棕褐色的毛茸茸的东西，两只圆圆的眼睛正滴溜溜地盯着他看，他正欲伸过手去，不料，小东西竟非常厉害，一边向前猛冲，一边龇出两排洁白而锋利的牙齿，正凶神恶煞般冲他汪汪吠叫……

六

聋哑女人不参加街会了，苑八婆也不参加了。但总督府大街的街会，自古以来就只有随着季节和天气的原因才会暂时休停，而绝不会因为哪一个人的缺席而停止，老猫胡同周围的人们反而觉得，如今没有了苑八婆，尤其是没有了聋哑女人，人们的发言倒放得更开，特别是在讨论今年全镇最热门的话题——即最穷夏家和最富邹家扑朔迷离而又耐人寻味的爱情走向时。有人甚至直接怨怼起了聋哑女人，说她不应该把人们的随便谈论当真，责备他误了人们的兴致。

接着就有人顺杆分析下去，说："夏子骞和邹苡莲一定出了什么问题，不然子骞妈反应不会那么强烈。大家试想，是不是只有真正遇到了某种严重问题，才会导致她一个当妈的过度敏感，从而引发过激的行为？"

这句话无疑启发了大家的思维，大家立刻七嘴八舌起来。有一个人忽然提出，她说她娘家是小沽码头的，她听娘家人说有人在八百泵扬水站点看到过夏子骞和邹苡莲，感觉他们两个根本不像一对恋人，倒更像一个大领导后面跟着一个贴身的侍从。侍从说法一下子又把人们拉回到苑八婆的小后窗。人们借此得出，看来苑八婆的那句话绝非什么空穴来风，更不可能是她的什么直觉，她一定是看到或听到了什么重要内容。恐怕还不仅如此，他儿子是夏子骞的老师，也是邹苡莲的老师，听说邹苡莲偶尔就去高中拜望这位从小看着夏子骞长大的苑老师。邹苡莲能不和老师说说心里话吗？自然是要说的，一定是苑老师叮嘱母亲时无意中泄露了什么。

解铃还须系铃人！人们能想到的，夏子骞当然也能想到。这个周末的晚上，夏子骞从苡莲乳液公司毫无收获地回到了老猫胡同。他已经注意到苑八婆的小后窗。他呆呆地凝视着那扇一直亮灯的小窗口，自嘲道："你小子真是有点急糊涂了，愁糊涂了，你何必要向念语探究竟，那不是明摆着既冒风险又舍近求远吗。再者，她顶多就是通过各种信息进行分析推断，哪如直接去找苑老师这个间接当事人。只要苑老师肯说邹苡莲究竟是怎么想的，那么对症下药，就不愁治不好她的心结。一旦她的心结彻底解开了，不存在任何顾虑了，相信她就会很快答应结婚的事情了。"

夏子骞走出小厢房，打开两扇漆皮早已剥落多年的破烂院门，走进黑暗的老猫胡同。路灯下热衷街会的人们还没有散去，议论声忽大忽小。他的宝马就停在他们旁边，他听见他们正在谈论他：这台宝马六系真是霸气啊；是吧，颜色看上去也相当冷峻孤傲；宝马赠英雄，夏子骞驾驭它不是正合适；夏子骞也算英雄吗？最多算个状元吧，还是个一分钱也挣不来的落魄状元；对嘛，要不是邹苡莲赏给他，恐怕他一辈子也甭想碰碰这玩意儿……

初时夏子骞多少有些得意，但听着听着，身体便冒出汗来，心也不由自主地开始悸颤，浑身的肌肉感觉又要跳动了……眼看他的怪病即将爆发，好在这时他已出现在灯影里，人们的议论声戛然而止。夏子骞怏怏地绕过人群，在错愕的目光里，拐进苑老师家的胡同。

"苑老师，您在家吗？我是子骞，我来向您请教点事。"黑暗里夏子骞一面拍打着苑家的门板，一面冲院子中叫喊。不多时，里面传出嚓嚓嚓的脚步声，而后随着门灯的亮起，两扇木门被嘎吱一声拉开。

"嗯？是你？！"

"哦，是我。八婆，您好！"

夏子骞正欲跨步迈进院子，苑八婆一伸手臂挡住了他，她敌视着夏子骞。

"你来干什么？我告诉你呀，你妈的事可不怪我，我没惹她，是她跟吃错了药似的，非要举着凳子打我。"

"呵呵，"夏子骞尴尬地笑了两声，"八婆，您误会了，我不是为这事来的，我是来找……"

"不为这事不行啊，你得管啊，得管管你妈啊，你没看见她有多凶，简直就是个疯子，要不是别人拼命拦着，她真会打死我的，你嘱咐嘱咐她吧，别把晚间人们在街上说的闲话当回事儿。这习惯多好，没事拉拉闲话，会把一天的劳碌都甩在街上，也会把一天的不痛快甩在那里，她可倒好……"

"好吧好吧，八婆，您放心吧，我有空一定说说她。"夏子骞说话的同时又要往里走，但再次被苑八婆拦下来。

苑八婆斜睨着夏子骞："你刚才说来找谁？"

"我来找苑老师啊。"

"你还用得着找我儿子？你现在比他本事大，你不都是公务员领导了吗，我儿子已经不是你老师了，你还是回去吧。"

"八婆，您别这样，我求求您了，您还是让我进去吧，我找苑老师真的有事。"

"那也不行，小子，实话跟告诉你吧，让你进去也白搭，我儿子根本不在家，他今天值班，住在学校里。"

夏子骞狐疑地向正房方向望了一眼，里面静悄悄的。

"真的？"

"当然是真的了。"

夏子骞郁郁转身，但刚走出两步，只听苑八婆又说："哎，小子，你来找我儿子是不是邹苡莲的事，想让他给你支支招？"

夏子骞咯噔一下停下脚步，快速踅回来，他心想，苑八婆是间接人，她大概真的知道些什么事情。于是他急着说："那，八婆，您说说，您还知道什么？"

"我？我什么都不知道，我只听我儿子说，你的事，他帮不了，世上没谁帮得了，只有靠你自己。"

"只有靠我自己？这话什么意思？"

"对呀，就是靠你自己呀，还能有什么意思？唉，小子，你还是慢慢等着吧，完全看你个人的造化了，不过也不用急，也许明年春天就会有一个结果了。"

　　"明年春天？为什么会是明年春天？"

　　"直觉呗，就是我的直觉，我那天在大街上也是这么说的。"

　　夏子骞观察着苑八婆，她脸上虽说一点都看不出故作神秘的成分，但总感觉有种特别古灵精怪的东西，就像他身上的怪病一样。

　　"直觉，都是直觉喽！"苑八婆自言自语慨叹着关上了门。

　　夏子骞再次回到他的小厢房，等他再去张望那扇小后窗，里面的灯已经熄灭了。小后窗所反射出的乌青的光泽，让夏子骞觉得，无论怎么看，那小后窗都不再是小后窗，而是苑八婆那张神神道道的脸。

　　　　　　　　　　　七

　　夏子骞终于有点明白了，明白为什么会是明年春天。原来邹苡莲只是表面自信，她在用强大自信的虚假表面来掩盖其内心的极度自卑。与夏子骞相比，学历和相貌永远是她无法弥补的短板。身为女人，钱根本没有把她从骨子里缔造成一个真正的强者，念语似乎才是天生与他相配的一对儿。

夏子骞之所以得出这样的结论，完全是因为邹苡莲身边的生活秘书。自从那晚幻珊给他送来一条狗，隔三岔五她就以照顾"博美棕熊"的名义，悄悄赶来山水庭院，她自己还笑称，现在她已不仅是邹总的生活秘书，也是博美棕熊的生活秘书了。可小小的伎俩又焉能蒙住夏子骞的双眼呢。她把博美棕熊故意安排在二楼，还佯装说是给他夏子骞找个临时伴侣，以防他一个人孤单寂寞。夏子骞心中窃喜，我又不是老人，给我安排一个宠物干什么？这不明摆着是要经常侦查和监视我吗？是不放心我和念语真的断了吧。那好啊，既然如此，我就干脆把"刺猬裘裘"的QQ号拉黑，再把念语的手机号设置到黑名单，反正我也不想与她再联系了，干脆就让她彻底也没法联系我好了。

说句老实话，夏子骞一点都不喜欢那条狗，而且是越来越讨厌。有幻珊在场的时候，他不得不强迫自己做出非常喜欢的样子。要说夏子骞也不是讨厌狗，像夏家院子里就常年拴着一条特大号的狼狗。根据他父亲的教训，一只凶猛的猎犬不仅可以看家护院，而且还可以使很多小偷小摸的人因为敬畏而远离。所以夏子骞绝不是一开始就讨厌博美棕熊，他甚至多次尝试给它买回饼干、香肠和水果等好吃的食物，想主动讨好它。

可奇怪得很，博美棕熊不但丝毫不领情，还常常在吃过之后，要么对他继续不理不睬，要么就龇牙瞪眼，一阵狂吠。如果换了幻珊，哪怕就是随便撒给它几块青萝卜，它也会感激得将尾巴摇成风摆荷叶一样。

这些还不是最可恨的，最令夏子骞不能接受的是博美棕熊趾高气扬的做派，那哪还是一条狗啊——它心里肯定没把自己看成狗！简直成了一个人，且还是主人，根本不是寄人篱下者。本来随它一起被幻珊带来的，还有它精美的小餐桌和一套杯盘碟碗，以及一座精致的木制小房子，小房子里还铺设了柔软舒适的棉被和小床单。但这个不知天高地厚的东西，在刚刚来到的第三天，就闹着不再睡小木屋，非要睡在夏子骞的床铺上，一旦夏子骞的卧室门被打开，它就立刻冲进去，毫不客气地蹿上床铺，大模大样地趴在正中间的位置。那样子，俨然它才是这里的主人，而夏子骞不过是个沙发客。弄得夏子骞在幻珊不在时，经常挥舞着拖把杆子，很严肃地和它展开领地争夺战。当然战斗的胜利者总还能属于夏子骞。每当这个时候，博美棕熊就会发出一阵哼哼唧唧的"骂声"，然后悻悻地去占领客厅的沙发。

博美棕熊个头不大，但它已经是个成年狗了。据说是五六年前邹苡莲特意买给她老爹的。那时候，她老爹因车祸身体尚处在康复中，整天静养在家里，所以邹苡莲就给他买来一只狗，长期陪伴他。博美棕熊是一只母狗，很是美丽。一身长而细密的棕色皮毛，就像一头可爱的小熊。邹厂长当时就喜不自胜，小餐桌和小房子也是他请人专门打造的。

自那以后，邹厂长家就不再是邹苡莲一个独生女儿了，博美棕熊成了他的次女，邹厂长吃什么，博美棕熊就一定吃什么。爱吃青萝卜的习惯就源自邹厂长。当然，它的一身坏脾气也完全是在邹苡莲和她老爹的长期溺爱下慢慢养成的。但是让夏子骞奇怪的是，山水庭院的家可是他与邹苡莲建立关系以后才买的，对博美棕熊而言，是个全然陌生的地方。一般而论，狗这种动物，凡来到一个不属于它的陌生领地，应该非常胆怯才对，可它不仅从第一天就没表现出胆怯来，反而处处显示出骄横与霸道。莫非是邹苡莲的强大气场传染给了它？

幻珊倒是很了解博美棕熊的脾气，也似乎很懂它的"心态"，她从来不直呼其名，像什么美美、熊熊之类的，都不会叫，她总是尊称它为"二小姐"。她说："二小姐，饭菜已经准备好了，您过来用餐吧！""二小姐，我给您梳妆打扮吧，太阳已经出来了，我陪您到湖边散散步。""二小姐，我给您修剪修剪趾甲吧，您的趾甲太尖利了，会伤到人的，顺便再给您换一种指甲油。""对了，二小姐，您都来了快三个月了，三个月我都没给您喷几次香水，现在要过年了，您必须得回老家了，老爷说他很想念您，老爷和大小姐若闻不到您身上的香水味，他们会埋怨我没有照顾好您的，会扣我工资的……"

嗯？她们要走了？夏子骞有点惊讶。

不是还没到春天吗？呵呵，夏子骞暗笑，其实就是真的等到春天又能怎么样？幻珊是个"侦察兵"或"间谍"的角色，而博美棕熊不过承担着她们的借口与工具。她们能侦查到什么？当然什么都侦查不到了。不，不对，她们应该什么都侦查到了。是，夏子骞是年轻，但却是属于宅男型的，"凤凰男"的身世，早就把他历练成一个天生就会勤俭持家的人，每天上班和下班，除了偶尔绕道菜市场买菜，总是在工作单位和家之间过着两点一线的生活，朋友也少得可怜，尤其是异性朋友，更是一个都没有。三个月来，她们除了偶尔看到和听到他与父母进行电话联系，再就是邹苡莲了，没有发现他和念语有任何蛛丝马迹的关联。

这结果应该是邹苡莲一直所期待的吧。这样邹苡莲的疑虑总该打消了吧！如果夏子骞判断得没错，他断定，随着博美棕熊回归皇亲，已经近三个月没来过山水庭院的邹苡莲应该不久后就要"莅临"了。

果然邹苡莲当天就给他打来电话。邹苡莲已经很久没有主动给他打电话了，印象中还是二人最初建立关系的那阵儿，她经常这样主动打电话给他，这也是夏子骞和他的聋哑母亲越来越感到危机的原因之一。

这天，夏子骞尤为舒畅，令他腻烦的博美棕熊终于走了，至于一直神出鬼没的"间谍"，也看不到她蹿上蹿下的影子了，而电话里邹苡莲的语气听上去也比任何时候都显得高兴，不但没有了那种老总吩咐下属的高高在上的姿态，居然还显示出当年高中女生的害羞与矜持。这且不算，她还吞吞吐吐地问夏子骞会不会做菜，她说："今晚很想回咱们的家，很想吃芋头扣肉和酸甜猪蹄，如果再来个百合甜豆和一大碗鲜甜蛤蜊鲫鱼汤，那简直美死了。"之后，她又稍加沉吟："不过，子骞，不会做也不要紧，千万不许难为了自己，我们可以去附近的酒店吃的。"你听听，"回咱们的家"，还点名要求夏子骞做几道菜，虽说"不会做可以去附近酒店吃"多少流露出丝丝的遗憾。但这不已经非常明显了嘛，在她心里，她已经向夏子骞大大地跨进了一步。

心情舒畅的夏子骞老早就请了假，他专门去了趟席殊书屋，他想以他的聪明才智和并不算笨拙的双手，按照书里菜谱的详细说明，就一定能够漂漂亮亮地搞定那几道菜，何况他还有做家常菜的基础。说什么也不能去酒店里，酒店哪比得了他们刚刚营造的小家温馨。不给邹苡莲留下任何遗憾，无疑就等于给他扑面而来的幸福多增添了一线曙光。

夏子骞踌躇满志地揣测，按照邹苡莲的身材，还有他们今天的心情，四个菜似乎少了一些，何况她还没有指定用什么主食。他一面翻看书本，一面总结那几道菜的共同点，基本都是酸甜的，如果再添加了同样酸甜的紫薯蛋卷和蜜汁山药，这样三荤三素，说不定就能达到出奇的效果。他想象着，邹苡莲一定会被"美死"的，而被美死的邹苡莲会主动做些什么呢？不回她的一楼应该是必然的了，接下来他们或许会一起坐在沙发上，一边用牙签吃着他提前切好的菠萝块儿，一边和他共赏别人的爱情。但她会呈现出害羞忸怩的状态呢？还是会把双唇拉得比平时更直？

夏子骞在不停地忙碌和美好的想象中度过了整个下午。他不知给邹苡莲打过多少次电话，他一会儿便问一下，什么时间出发？离开公司了吗？走的哪条路？到哪儿了？大概还需要多久进城？快到家了吗？噢，已经到了翠灵湖了，正在翠灵湖的湖边路上啊。

打完最后这个电话，夏子骞也正好做完最后一道菜——鲜甜蛤蜊鲫鱼汤，他从耳朵上取下蓝牙耳机，急忙将汤盛进小汤盆里，然后飞速地赶下楼，冲出别墅。他站在自家别墅门口，向西张望着山水庭院的甬路，正值晚饭时间，小区里相对阒寂，深冬季节的草坪灯在肃杀的微风里光影摇曳，给人一种恍惚梦幻的失真感。还好，他很快就看见了那辆珍珠白的新款雷克萨斯，车从西北方向的小区甬路拐了过来，他提前站到邹苡莲以往停车的位置，伸手替她拉开车门，并用手掌垫在门楣上方。待邹苡莲钻出驾驶室，他又迅速拉开后门，顺手拿出邹苡莲放在后座的迪奥手袋。

夏子骞转过身，正欲说点什么。忽见邹苡莲脸色异常凝重，既不是两片嘴唇被拉得平直，也没有丝毫的害羞和忸怩，怎么了？是她此前遇到了什么事，还是我哪儿做得不好使她不高兴了？夏子骞不知所措地看着她，只听她忽然冷冷地说："把手袋给我。"夏子骞还在愣怔的时候，手袋就被夺到了邹苡莲的手中。邹苡莲头也不回地走向别墅，继续冷冷地甩下第二句话，"后备厢里有两瓶红酒，你把它拿进来。"

夏子骞拿着酒诺诺地跟进别墅，邹苡莲去卫生间，他静静地候在卫生间门口。邹苡莲又走进了自己的卧室，他就静静地候在卧室门口。在卧室门口不知站立了多久，邹苡莲脸色愈加凝重地走了出来，但她看都没有看夏子骞，只是冷冷地说："你做饭了吗？"这第三句话冷得夏子骞陡地打了个寒噤。他急忙回答："哦，做了，做了，你到的时候刚好做完。""那我们去吃吧。"她不顾夏子骞，扔下第四句话，一个人径自登上二楼的楼梯。两只酒瓶还在夏子骞手里，他拿着它们，一直跟着邹苡莲来到二楼餐厅。

见到桌子上的菜，邹苡莲的嘴唇依稀向两边拉伸了一下："你坐吧，把酒打开，顺便斟满两杯。"她的语气终于稍稍暖和了些。夏子骞如获特赦，他把斟好的一杯酒双手端到邹苢莲面前，又回到她对面坐定。

只见邹苢莲眼角此时露出了少许笑意，冲他端起了酒杯："子骞，辛苦你了，我先敬你。"

"不不，还是我敬你吧，你更辛苦。"

邹苢莲开始一个菜一个菜地品："嗯，猪蹄不错；嗯，扣肉肥而不腻；噢，紫薯蛋卷棉脆香甜，都是我想要的感觉，非常好，非常好……嗯嗯，你也快吃啊，子骞，不要光看着我吃。"

夏子骞一边小心翼翼地吃，一边盯着邹苢莲。一杯酒下肚，他看见她微黑的腮颊上渐渐爬满了潮红，这红润让夏子骞隐约看到了那个害羞的高中女生。他的胆子逐渐大了起来，他弓起身体，隔着桌子给邹苢莲的酒杯蓄满，也给自己的酒杯蓄满。他端起酒杯，目光笃笃地看着她："苢莲，为我们明年春天结婚，我们提前干一杯！"

邹苢莲没有动，有点讶异地审视他："明年春天？你为什么要等到明年春天呢？"

"不是……不是你……跟苑老师说的吗？"夏子骞在她威视的目光里又陷入紧张的状态。

"我？苑老师？哦……但是我……是他这么跟你说的？"

"不，不是，我没有见到苑老师，是听苑八婆说的。"

"那你自己呢？你自己的想法？比如……比如你就没想过此刻……此刻？"

夏子骞不仅紧张，而且有点糊涂了，他想观察邹苡莲，但又不敢正眼看她，他只好将头微垂着，间或向上翻一下眼皮。但此刻邹苡莲复杂得不能再复杂的面部表情，实在令他不知该说什么，他的脑子好似已完全被她的表情给僵固住了。他沉默着，就那样一直沉默着，直到间或向上翻看一下的视线中，邹苡莲生气般猛地站起来，并把杯中的酒一饮而尽。但他还是那样沉默着。

"是！我是去找过苑老师，而且和他说了很多我们的事，但我最后说的是，我要等到……"邹苡莲最后这几句话几乎是在向呆呆的夏子骞喊叫，不过她只喊了半截，就气冲冲地离开了二楼。

八

春天终于在夏子骞忐忑的希冀中慢慢走来了。总督府大街的街会在经过了漫长的冬季休会期后，也终于像熬过冬眠的动物那样苏醒了。初春的街会，虽然总不如盛夏那么"盛况空前"，但蛰伏了三四个月之久，人们必然积攒了满肚子的信息，所以也就显得尤为活跃，发言欲也更加强烈。而这一阶段，由于春节过年的余味还紧紧抓着各种花会的尾巴，依依不舍地在镇子的个别角落盘旋，所以人们谈论的话题大多与本地的年俗相关。老猫胡同从来不会落后于街心地带。虽然这里的镇民相对贫穷了一些——基本处于温饱状态，但"穷乐心儿"一直都是我们这里亘古不变的传统。

要说老猫胡同最引人眼球的莫过于夏家了，夏家与往年相比发生了一个重大的变化，这变化也是老猫胡同乃至全镇人都羡慕嫉妒的。往年的夏家三个人过年，两个残疾加一个郁郁寡欢，那真可谓了无生气。而今年是四个人，且多的这一位可不是一般人，她是全镇首富邹苢莲，身价过亿的大老板。不说别的，就说胡同口那两台光华四射的车，已经足以晃晕所有进进出出的人。

这不，几个人一上来就开始酸溜溜地抢着质问苑八婆了："哎，我说八婆，您今天怎么舍得出来了？今天不是周六吗？您儿子苑老师不在家？他怎么还敢放您出来？不怕您再给他惹是生非？"

苑八婆打了个哈哈："我从来就没惹是生非，是那个女人吃错了药，她疯了。"

"您那还不算惹是生非？您还没忘吧，您都咒人家什么了，可您看看，人家邹苢莲都到夏家过年了，您又不是不知道咱们这儿的风俗，一旦女方到男方家过年，这就意味着今年一定会结婚的。"

"结婚？谁说的？那可是你们几张臭嘴说的，不就是在他家吃一顿午饭嘛，在夏家过除夕夜了吗？没有吧，那得过除夕夜才预示着今年结婚。"

"老婆子，您那是嘴硬，您还说春天就怎么怎么的，现在不是已经春天了？人家不但没怎么，反而更好了。"

"是啊，我是说春天了，我现在的直觉也没变，但是春天过去了吗？这不才刚刚起步嘛。等吧，我的直觉没错哟！"

夏子骞不让母亲再去街会，不为别的，就为母亲不会说话，不会辩驳，再发生上次的事，一旦传到邹家人的耳朵里，可能会因此节外生枝，因小失大。聪慧的聋哑女人很赞同儿子的叮嘱，如今的人大多都患有仇富心态，因此高调只能给自家引来祸端。瘸老夏则永远让儿子放心，印象中，自从十八岁那年他的一条腿无疾而瘸后，他就从来不在晚间出门。即便是当年，为了给即将上大学的儿子筹集学费，他都尽量选择白天行动，迫不得已之时，也一定要选在日落之前。

夏子骞当然一直很鄙视那种场合，他认为那些人不但无聊，而且很无知，除了会无事生非外，再无其他的本事。镇上的富人断然不会长时间出现在那种地方，所以夏子骞也断然不会与那些人为伍。不过长长的双休日也确实非常难打发，招商局的工作根本不用他去想，收入虽然不多，但清闲稳定，而且永远旱涝保收，他又不能长时间待在苋莲乳液，因为人家毕竟很忙。再者他也害怕若真的长时间逗留在那里，说不定会说错或做错了什么。所以，父亲白天去放羊，他就宁可在家里陪着聋哑母亲看电视。

当然有时候，他也会待在自己的小厢房里，上上网，看看国内外的大新闻。他已经好久不玩网游了，甚至对网上热传的某些稀奇古怪的玩意儿都丝毫没有兴趣。如果实在搜不到如何短期暴富的纪实性文字，他就干脆躺在小床上望着黑乎乎的屋顶发呆。这个暖融融的周日的午后正是这样度过的，一觉醒来，他久久不愿意起身，一直呆呆地看着屋顶。第一条奇怪的彩信正是在这样的时刻飞进了他身边的手机。

起初，铃声一响，他还以为又是那些垃圾短信，所以他根本懒得去触碰手机。但不料，十分钟之内，手机竟连续响了七八次。这不像垃圾短信，是谁这么无聊？他根本没有这样无聊的朋友啊。他伸出手臂抓到手机，举在眼前。彩信均来自同一个陌生号码，像是用手机拍下的照片，图片不是很清晰，视角儿也比较窄，但画面的内容总感觉似曾相识，可是究竟是哪儿，他一时又想不起来，直到看见最后三张——这三张拍摄的是同一个景物，分了左、正、右三个不同的角度，画面中是一块陡峭的两三米高的壁石，壁石下有一团凌乱的树枝，还有围绕着一圈类似于篱笆的东西，夏子骞这才恍然大悟，这不是镇北的茎秆河和野山吗，还有一片片正在萌芽的野沙棘林，那壁石和那堆凌乱的树枝正是他给念语搭建沙棘枝小房子的地方。夏子骞腾地一下从床上弹起来，他紧握着手机，机警地看着窗外。

院子里静悄悄的。

会是谁呢？皇亲镇几乎所有的人都知道他给念语搭建沙棘枝小房子的事，不过谁会有这样的闲心？他的动机又是什么？念语自己？万万不可能，念语是在万念俱灰的状态下离开的，俗话说"哀莫大于心死"，她哪还会有心思玩这种游戏。噢，不好！该不会是邹苡莲吧？一想到邹苡莲，夏子骞的心跳立刻加快了速度，握着手机的手也瞬间溢出汗来，他紧张得在狭窄的小厢房里踱步，会是她吗？他问自己，可她为什么要这样干？呵呵，不可能，不可能的！夏子骞啊，你真是有点草木皆兵了，人家今年可都屈尊在你家里过的年，虽然尚未选择具体的日期，但今年完婚想必已成定局。

正在夏子骞的心稍稍踏实的当儿，手机突然又响起来。还是刚才的号码，还是彩信，夏子骞迅速打开，仍是照片，但这一次已不再是野山、沙棘林以及沙棘枝小房子的内容，而是一张大大的女孩的脸，噢——这张脸好清纯，可以说夏子骞长这么大，还从来没有见过如此清纯的脸。夏子骞呆呆地看着这张脸，陌生的，但那双清澈见底的眸子和两腮上笑靥如花的酒窝儿又全都似曾相识。她是谁？难道她就是这陌生号码的主人？可是，可是她做上述的这些事情究竟有何用意？再者她又是如何得知沙棘枝小房子和我的关系的？还有我的手机号码……莫非她也是皇亲镇人？看面容也就十六七岁的样子，还是个高中生吧？

夏子骞胡乱地猜测着，但答案马上就揭晓了。他的手机突然响了起来，来电显示的正是刚刚的陌生号码。夏子骞战战兢兢地接通了。对方的声音像她的长相一样清纯，而且窃窃的。

"嗨，你……你是子骞哥吧，很冒昧，我是不是打搅你了，子骞哥。"

"噢噢，我是，我是夏子骞。"夏子骞忐忑地回答着。

"子骞哥，你听我说，你别生气，我叫苗妙菡，你不认识我，但我知道你，知道你的一切，我是念语姐姐的远房表妹，也是咱们市里的人，现在在十八中的高中美术班读书。前几天，我和念语姐姐语音聊天了，是她告诉了我你们关于野山、沙棘丛林以及沙棘枝小房子的故事，她还传给我很多照片，你们的爱情好浪漫啊，简直是这世界上最浪漫的爱情。可是，我问她，这么浪漫、甜蜜的爱情为什么要分手呢？她回答得很干脆，她说："爱情当不了衣穿，当不了饭吃，当不了房子住，当不了一切有形的物质，总之一句话，那就是贫贱夫妻百事哀。"我追问她："那些物质对爱情就那么重要吗？或者爱情在那些物质面前就那么不堪一击吗？"于是她批评我，她说我还小，说我不懂，等我长大了，才能够完全理解。子骞哥，现在我也想问问你，念语姐姐她说的真的对吗？她真的是因为那些物质而最终离开你的吗？"

夏子骞嗫嗫嚅嚅，不知该怎么回答。

苗妙菡继续说："噢，子骞哥，你别担心，我不是想撮合你们。念语姐姐如今已经另有男朋友了，而且听她说，他们很快就要结婚了。我的意思是，其实我不小了，今年都十七岁了，我也很想要你们那样的爱情。"

"这个……这个……"夏子骞还是不知道怎么回答。

"这样吧，子骞哥，"苗妙菡又说，"你现在在哪儿？"

"我……噢，我回我们老家皇亲镇了。"

"太好了！子骞哥，今天是周日，早晨的时候，我背着父母，特意从市里坐班车也来你们皇亲镇了，我现在就在你和念语姐姐的沙棘枝小房子旁，你现在能不能过来一趟？我太想让你也给我搭一栋沙棘枝搭成的小房子，我不小了，真的，马上就要谈恋爱了，你就让我尝试一下吧，子骞哥。"

夏子骞老半天没能说出话来。苗妙菡也不说话，她在等待，夏子骞能听到她因焦急等待而发出的急促的呼吸声。

"对了，子骞哥，你刚才说回皇亲镇，那你现在在哪儿工作啊？"

"哦，在市招商局。哎呀，子骞哥，那我们岂不在同一个城市里啊？我们也许还曾擦肩而过哪。不过，子骞哥，你不用害怕啊，我不是要咱们两个谈恋爱，我只是想先亲身感受一下。"

夏子骞不置可否，他的呼吸也在不知不觉间加快了。

"子骞哥，你就来一趟嘛，反正傍晚你也要回市里的，明天要上班的，对吧？你就当提前出来一会儿好了，然后我们一起坐车回去。"苗妙菡突然发起嗲来。

夏子骞犹豫着，但他已经有点抗拒不住小女孩嗲嗲的声音了。"妙菡，发到我手机上的照片是你吗？"

"当然了，子骞哥，你怎么了？不是我还能有谁？你没发现我眼睛和酒窝都有点像念语姐姐吗？还有人曾经说，我们是亲姐妹呢。"苗妙菡比刚才更嗲了。

夏子骞思忖着，邹苡莲能知道吗？不会吧？不就是顺路上一趟山嘛，再者又不是真的念语，也不是真的去恋爱，邹苡莲即使知道了，也不能怪罪我吧。

"好吧，妙菡，你等我。"夏子骞最后说。

九

夏子骞吓坏了，灵魂几乎都出窍了，"瘾症"复发自然在所难免。光秃秃的野山上根本没有一个人，哪有什么清纯的说话嗲嗲的苗妙菡啊，他连那个所谓的十八中美术班女孩的气味都没有闻到。他看到的是那块壁石下本来就已坍塌的沙棘枝小房子，包括它周围的篱笆墙，竟已被拆分得七零八落。他喊了苗妙菡两声，第三声没喊出来。他已经感到事情到了最危急的时刻。他用颤巍巍的手，拨打苗妙菡留在他手机里的陌生号码，得到的结论正如他的预期，对方的手机已经关机。显而易见，苗妙菡根本不是什么念语的远房表妹，也许这个人根本不存在，也许那只是一张随便从网上挑选的照片，再配上那个清纯而嗲嗲的说话声。那么邹苡莲当时也多半就在现场了，说不定这七零八落的小房子正是她盛怒下的杰作。

夏子骞一时间汗流浃背，四肢抖如筛糠，眼前一片昏暗，他无力地瘫倒在壁石下，能自主动弹的就只剩下还算清晰的脑子了。他想，这一定是邹苡莲一计不成再施一计，这第二计反而就轻易得手了，说不定就连她在他们夏家"过年"，都是为了提前打散他的警惕性。

那么夏子骞现在不得不要问一句了，难道我夏子骞自从和你建立关系以后做得还不够好吗？你说一我从来不敢说二，你说东我从来没往过西。唉！也全怪自己太不争气了，你夏子骞咋就那么笨呢！那个苗妙菡的话里明显地存在着很多诱导的成分，譬如，"你在哪儿工作？反正傍晚你也要回市里的，明天要上班的，你就当提前出来一会儿好了，然后我们一起坐车回去……"等等，你小子的定力也太糟糕了吧，几句嗲嗲的话语就令你六神无主，傻乎乎地盲从了。好了，这下好了，就等着人家最后的宣判吧！但是……但是她究竟会怎么宣判呢？难道就因为这么一件小事要和我说拜拜吗？她会即刻收回她的车和别墅吗？

"哼！哼哼哼……"夏子骞这时阴阳怪气地冷笑了几声，唉，收回就收回吧，反正自己本来就是赤条条地来，如今再赤条条地去，除了浪费了一年多的光阴也没什么了。唉？说也奇怪，夏子骞想到这里的时候，"癔症"居然顿时好了许多，他已经能看清眼前的景物了，他抬抬依然在微微抖动的手臂，嘿！很有力气了，腿也能够站起来了。

那辆珍珠白的雷克萨斯停在山水庭院的别墅外，是的，夏子骞想，一定是邹苡莲设计好的圈套，否则周日的晚上她绝不会驾临此地，这是要兴师问罪了。也罢，一年多了，现在总算要有个了断，她是多么折磨人啊，宁可将心里话对苑老师说，也从来不肯向我透露半句，现在终于可以知道她到底是怎么想的了。

夏子骞大步流星地走进小院儿。他踏上三步台阶，没有自己掏钥匙开门，而是摁动了门铃，他想，反正也要分手了，与其说一直毕恭毕敬地"伺候"她，倒不如最后也"使唤"她一次。但是一连摁了三次门铃，里面都没有任何动静。

　　夏子骞的心又禁不住打起鼓来，莫非她不在别墅里？她是来市里谈业务的？房间里的灯都没有开啊。或者根本就是自己太怕失去眼前的一切而想多了？是不是真的存在那个苗妙菡呢？夏子骞的手又不由自主地轻抖起来。他哆哆嗦嗦地握住钥匙，插进锁孔，旋开，跨进门，打开起居室的顶灯。啊！夏子骞不禁惊叫了一声。他看见一个人正静静地坐在沙发上，是邹苡莲。邹苡莲不仅静静地坐在那里，手中还奇怪地攥着一束鲜红的玫瑰花，她居然满脸是泪，而且还在不住地悄悄流淌。她这是怎么了？一向自信的她可从未有过这种状况，起码夏子骞从未见过。

　　夏子骞一时间不知所措，战战兢兢地怔在了原地。过了片刻，只见邹苡莲轻轻抹干泪水，缓缓站起来，有点羞涩地说："你回来了，不好意思，让你见笑了。你还没吃饭吧，楼上餐厅有辣子鸡丁和鱼香肉丝，还有两盒米饭，是我刚才进城顺便在路边一家餐馆买的，你快上去吧。吃完了就下来，我想和你说点儿事。"

　　夏子骞没敢动，依旧站在原地。他看着邹苡莲走进了卫生间，时间不长又走了出来，手中依然攥着那束花，脸上已没有了泪痕，还略带一点娇羞的浅笑，她看着夏子骞，疑惑地说："怎么了，子骞，你没上楼？不饿吗？"

她边说边走，一直转到了沙发上，抬头看了一下夏子骞，说："噢，如果不饿，就随便坐吧，我真的好想和你说说话的，其实，这些话要是放在七八年前或者更早的时候说就好了，可惜那时候我一直没有这个胆儿。来呀，你坐呀，也坐到沙发上来。"

夏子骞向前走了几小步，但是他没敢坐，邹苡莲的变化令他心里更加打战，他不敢看邹苡莲，他看着她手中的花，他听见邹苡莲继续说："看你，在我面前总是那么拘束，我记得高中的时候你不是这样的，那时候你在我面前一直很高傲，好像一直都没正眼瞧过我，好了，不愿坐就随你吧。子骞，我……我可不可以问你个问题？"邹苡莲突然更加柔声起来，她摆弄着手中的花。

夏子骞点了点头。

"你……你以前……就是我们还是学生的时候，感觉到……感觉到了我爱你吗？或者你那时候有没有某个时刻，感觉到我对你不一样？"

夏子骞不说话，他开始搓弄自己的手指了。

邹苡莲这时忽然像自嘲，又像是笑地呵了一声，"唉，其实也是，我问得很多余，你怎么可能感觉得到呢？你当然感觉不到了，你那么帅，学习又始终那么棒，在咱们皇亲镇，一直暗暗喜欢你的女生又何止我一个，所以我还是自己说吧。子骞，你一定不知道，其实我从咱们上初二的时候就开始喜欢你了，是不是比念语早多了？她是靳沽驼人，不是咱们镇上的，你们只是高中以后才认识的。不怕你笑话，若不是为了每天都能看到你，我压根儿就考不上高中，那时候我天天开夜车，才勉强考上的。但是我不敢向你表达，至于原因，你应该很清楚，我长得不怎么样，学习也不好，别说念语了，就是很多女生我都没法比的。不过，这并不能限制我心里对你的喜欢。那时候，我只要能够远远地窥见你的侧影、你的背影，我都觉得这一天很幸福。直到有一天，我忽然听说，你给念语在咱们学校北面的野山上搭建了沙棘枝小房子……"

邹苜莲这时突然停止了说话，夏子骞偷偷乜见，她又像之前他进屋时那样满脸泪水。夏子骞此时又向前挪动了一小步，他想弯腰从茶几上抽出一方纸巾递给她，但是他最终还是畏缩了。结果仍是邹苜莲自己抽出纸巾的。

待稍稍平静了些许，邹苜莲苦笑了一声，继续说："当时我就像现在这样，不知偷偷哭了多少个夜晚。不过，你知道吗？你在我心里，就像一棵已经完全长成的繁茂无比的参天大树，所以我根本没办法随着那些泪水而把你从心里连根拔除。我只有安慰自己，你给念语搭建沙棘枝小房子怎么了，我不还是我！如果将来等你们俩都上了大学，我无法见到你，到那时我再来慢慢忘记你，也许就容易得多了。但是谁成想，偏偏就在你即将离开的时候，你这可恨的家伙，让我收到了一封你的'情书'。"

"情书？我的？"

夏子骞愕然。他终于敢借机正视了她一眼。

"对呀，你的。哦，对了，你忘记了？你叫你老爹去我家借钱，你让他随身给我带去了什么？"

夏子骞想了想，说"那不是……那不是我写的一张借据吗？"

"是啊，就是那张借据，你可能把它看成借据，可我不是，我就把它当成你写给我的情书，实话告诉你，这许多年来，我经常偷偷拿出来看，而且每看一次，就等于给自己打一次气，所以，从那时候起，我就暗暗决定，我一定要等，只要你还没有结婚，我就等，我相信，你早晚会回来找我的。不仅如此，我几乎每看一次那封情书，自己就要跑到你们的沙棘枝小房子看看，你猜怎么着，我简直看一次高兴一次，因为我发现，你们已经基本不去那里了，这说明什么？自然就证明，你们俩当年的那份激情，已经渐渐不存在了。当然了，这么多年了，我也有情绪低落的时候，比如前年春节前，我估计你们俩该回家过年了，就提前上了趟野山，那次我的情绪就特别低落，临离开时，我狠狠踩了一脚你们的小房子。我当时对自己说，这是最后一年，夏子骞，我发誓，如果这一年内，你还是没有回来找我，我就烧了那封情书，从此和你永无瓜葛……"

夏子骞哑然。

邹苠莲这时站了起来，似乎说得有些累了，她缓缓走向宽大的落地窗旁，侧身伫立在窗前，她眺望着铁栅栏外近在咫尺的波光粼粼的翠灵湖，以及远处模糊而又平滑的山景轮廓。她突然抬起手中的玫瑰花，送到鼻端深深嗅了嗅，接着用外翻的双唇紧紧抿住一片花瓣，她抿断它，用舌尖将其卷入口中，牙齿开始轻轻咀嚼，甘甘涩涩的味道令她微微蹙了下眉头。她走向窗的两端，将窗帘拉起来，又重新坐到沙发上。

她注视了夏子骞几秒钟，突然把手中的花递向他，并用眼睛示意他拿住。夏子骞疑惑而机械地接过，但他此时惊悚地发现，在经过短暂歇息之后，邹苠莲已经恢复到原先邹总的状态。

"子骞，你不是多次问我，在等什么吗？那么现在我告诉你，这也是我多次去找苑老师，一直向他所倾诉的苦衷。你知道吗？本来你回来找我，我别提有多么高兴了，接到你的电话后，我几乎一夜没合眼，甚至让生活秘书幻珊大半夜里为我策划装扮的细节。但是，在我们明确关系后的半年时间里，我发现你对我只有敬畏之心，却根本没有一点点爱，可能都没有一点点喜欢，我向苑老师说绝不能随随便便和一个完全不爱我的人结婚，让我等，等到你爱上我再说。但苑老师告诫我，他说："像他这种凤凰男，骨子里真正喜欢的永远是那些说话嗲嗲的城市女孩。"我还不信呢，可结果……是，苗妙菡的确没向你发出什么求爱信号，但她仅靠几句嗲嗲的话，外加一张照片，你内心不就矛盾了吗？不就开始怜爱人家了吗？你说，你拿什么给我安全感呢？"

"我……我……"

"行了，你也不用紧张，我还没说跟你分手；再则，若真的分手了，也就等于我彻底失败了，我还有最后一招。不过这最后一招是需要你来做的。现在我来问你，有这么一句话，若谎言被重复了千遍万遍，就会成为真的，不知道你信不信？"邹苢莲的外翻双唇此时被她大尺度平平直直拉开，她仔细盯着目瞪口呆的夏子骞，斩钉截铁地说："反正我信，所以我想现在就让你尝试，当然你也可以不做。不过那样的话，你就只有被扫地出门的结局。我向你保证，只要你按照我的要求做了，不管结果如何，我给你的三样东西就永远属于你了。"

"我做！"夏子骞也立刻斩钉截铁地说。

邹苢莲自信地笑了笑："这样才好，我相信你会照做的，你知道我给你的三样东西价值多少吗？整整三百八十五万，现在我就要你单膝跪在我面前，双手举起那束玫瑰花，对我说，'苡莲，我爱你！'说一遍，我给你一百，只要你连续说够了三万八千五百遍，哪怕你最后还是没有爱上我，今后我也断然不要那些东西了。"

夏子骞很听话，立刻单膝跪地，不光是为了那三百八十五万，我一开篇就说过，他自己也一直在千方百计地努力让自己爱上邹苡莲。他单腿前移，以便能够清清楚楚看着他即将爱上的人。他双手真诚地擎起玫瑰花，尝试着大声地说出了第一遍，"苡莲，我爱你！"但是他忽然感觉自己的咽喉处似乎有什么东西在向外涌。他努力用唾液将那不明物体咽了下去。接着他说出了第二遍，他看见即将被他爱上的人双眼噙满了幸福的泪花，这泪花鼓励着他，他大声地一遍遍说着："苡莲，我爱你！苡莲，我爱你！苡莲，我爱你……"

他没有记录多少遍，他看见邹苡莲同样没有记录，邹苡莲幸福的泪水已经从下额滴向了衣衫，衣衫被浸湿了一大片。他的嗓子开始干涩起来，有一种要冒烟的感觉。他想征求一下邹苡莲的意见，是否能允许他喝些水，但是邹苡莲的双眼一直幸福得紧紧闭着。他只好继续大声地说着："苡莲，我爱你！苡莲，我爱你……"

这样不知持续了多久，他的嗓子已经完全干哑了，像一头饥饿的狼在竭力发着嘶嘶的喘息。他看见邹苡莲的眼泪终于止住了流淌。邹苊莲睁开了双眼，开始目不转睛地盯视他。但看着看着，邹苊莲的眼神突然发生了奇异的变化，不但完全消逝了平时那种独有的欣赏的眼神，而且一下子仿佛不认识他了一样，进而又很快流露出极其的蔑视和厌恶。

夏子骞吓得浑身一哆嗦，是我的喊声不够响亮不够真诚吗？于是他努力清了清嗓子，但他的口腔里已没有了唾液，反而多了丝丝咸惺的味道，他破开喉咙："苊莲——我爱你——苊莲——我爱你——"

他以为自己能发出震天般的喊叫，但他根本没听到多大声音，随之一口腥腻而黏稠的东西箭一样射出了嘴巴，与此同时，他模模糊糊地看见，邹苊莲触电般站了起来，接着迅速抓起茶几上的手袋和车钥匙，然后朝着门外飞奔而去。

此时，夏子骞的"癔病"完全发作了，他倒在沙发边，他已经看不清邹苊莲的背影，但他用最后的力气转过身来，他把玫瑰花攥直了戳在地上，估摸着邹苊莲离去的方向，继续无声地喊叫："苊莲，还不够三万八千五百遍哪。苊莲，你会等到我爱上你的，你别走，我照你说的做，苊莲——我爱你——苊莲——我爱你——"

……